चोटी की पकड़

Paperback: 978-936205276-6
eBook: 978-936205476-0

Printed by:Manipal Technologies Limited, Manipal

Sanage Publishing House LLP
Mumbai, India

sanagepublishing@gmail.com

चोटी की पकड़

सूर्यकांत त्रिपाठी

'निराला'

SANAGE
PUBLISHING HOUSE

सत्रहवीं सदी का पुराना मकान। मकान नहीं, प्रासाद; बल्कि गढ़। दो मील घेरकर चारदीवार। बड़े-बड़े दो प्रासाद। एक पुराना, एक नया। हमारा मतलब पुराने से है। नए में जागीरदार रहते हैं। हैसियत एक अच्छे राजे की। कई ड्योढ़ियाँ। हर ड्योढ़ी पर पहरेदार। कितने ही मंदिर, उद्यान, मैदान, तालाब, प्राचीर, कचहरी। दोनों ओर आम लगी-सीधी-तिरछी, चौड़ी-सँकरी सजी सड़कें। पीपल के नीचे चबूतरा, देवता। इक्के-दुक्के आदमी आते और जाते हुए।

भयंकर अट्टालिका। पीछे की तरफ़ कुछ गिरी हुई। फिर भी विशाल उद्यान की ऊँची प्राचीर से सुरक्षित। भीतर भी रक्षा का अन्तराल उठा हुआ। निकासों पर पहरे। पुरखों की सदी-सदी के जर्रीन वस्त्र, बासन, तम्बू, राजगृह के अनेकानेक साधन, माल-असबाब, काग़ज़ात और ख़ज़ाना रहता है। कितने ही कमरों में, दालानों में, बड़ी-बड़ी बैठकों में, आदम-आकार की गची काठ की सैकड़ों पेटियाँ हैं, भीतर से कुफ़्ल लगा हुआ। नीचे, सिंह-द्वार पर, लोहे के बड़े-बड़े सन्दूकों में राजकोष है। बन्दूक का पहरा। 5-6 बड़े-बड़े आँगन। पीछे, दक्षिण की ओर, एक अहाते में कुल-देवता रघुनाथजी का मंदिर। दूसरी ओर, ऊपर की मंजिल पर, कई अच्छे कमरों के एक अन्तःपुर में बूढ़ी मौसी के साथ बुआ रहती हैं। बड़ी-बड़ी खिड़कियाँ, प्राकार, उद्यान और सरोवर दिखते हैं। सूर्य की किरणों में चमकती हुई हरियाली। प्रातः और सन्ध्या की स्निग्ध वायु। रात में तारों से भरा आकाश। चाँद, चाँदनी, सूनापन।

बुआ विधवा हैं, मौसी भी विधवा। बुआ की उम्र पच्चीस होगी। लम्बी सुतारवाली बँधी पुष्ट देह। सुढर गला, भरा उर। कुछ लम्बे मांसल चेहरे पर छोटी-छोटी आँखें; पैनी निगाह। छोटी नाक के बीचोबीच कटा दाग़। एक गाल पर कई दाँत बैठे हुए। चढ़ती जवानी में किसी बलात्कारी ने बात न मानने पर यह सूरत बनायी, फिर गाँव छोड़कर भग खड़ा हुआ। इज्ज़त की बात, ज्यादा फैलाव न होने दिया गया।

बुआ की देह जितनी सुन्दर है, चेहरा उतना ही भयंकर। वह जागीरदार-खानदान की लड़की नहीं, मान्य की मान्य हैं। बुआ के भतीजे का भाग। गरीब थे। जागीरदार को लड़की ब्याहनी थी। लड़का ढूँढा। वह पसन्द आए। बुला लिया। बच्चे थे। पढ़ाया-लिखाया। उठना-बैठना बातचीत, रईसी के अदब और करीने सिखलाए। फिर निबाह के लिए एक अच्छी-खासी ज़मींदारी लड़की के नाम खरीदकर उनके साथ ब्याह कर दिया। ब्याह पर दामाद साहब का लम्बा कुनबा आ धमका। बुआ इसी में है। बहुत निकट की। जब भी बंगाल के प्रतिष्ठित प्रायः सभी ब्राह्मण और कायस्थ पहल के युक्तप्रान्त के रहनेवाले हैं, पर वे बंगाली हो गए हैं। यह जागीरदार-परिवार आदि से युक्तप्रान्तीयता की रक्षा कर रहा है।

आने पर, समधिन-साहिबा यानी राजकुमारी की माँ रानी साहिबा ने बुआ को बुलाया। अपनी सोलह कहारोंवाली गद्दीदार पालकी भेज दी। साथ वर्दी पहने चार सशस्त्र सिपाही। खिड़की के कब्जे पकड़ने के लिए दोनों बग़ल दो नौकरानियाँ। विधवा बुआ विधवा के श्वेत स्वच्छ वस्त्र से गईं। रानी साहिबा नई अट्टालिका में रहती थीं। बड़े तख़्त पर ऊँची-ऊँची गद्दियाँ बिछी थीं। ऊपर स्वच्छ चादर, कितने ही तकिए लगे हुए। सामने ऊँची चौकी पर पीकदान रखा हुआ। बगल में पानदान। विशाल कक्ष। साफ-सुथरा। संगमरमर का फर्श। दीवारों और छत पर अति-सुन्दर चित्रकारी। बीच में श्वेत प्रस्तर की मेज पर चीनी फुलदानी में सुगन्धित पुष्प। हाथ से खींचे जानेवाले पंख की रस्सी, दीवार में किए छेद से बाहर निकालकर ह्वील पर चढ़ायी हुई। तीन घंटे दिन और तीन घंटे रात की ड्यूटी पर चार पंखा बेयरर लगे हुए। पंखा चल रहा है। तख़्त की बग़ल में एक गद्दीदार चौकी रखी हुई है बुआ के बैठने के लिए।

जागीरदार साहब कुलीन हैं। साथ ही राजसी ठाट के धनिक। इनके यहाँ मान्यों की वह मान्यता नहीं रहती जो दूसरी जगह रहती है। यद्यपि इसका मुख्य कारण घमण्ड है, फिर भी ये अपनी बचत का रास्ता निकाले रहते हैं। इनका कहना है कि राज्य की मुहर रघुनाथजी के नाम है, हम उनके प्रधान कर्मचारी हैं। हमारे सिर पर केवल रघुनाथजी ही रहते हैं; दूसरे अगर इस राज्य की हद में हमारे सिर हुए तो वही जैसे इस राज्य के राजा बन गए: इससे रघुनाथजी का अपमान होता है। इस आधार पर जल्सों में जागीरदार साहब के मान्यों के आसन उनके पीछे ही रखे जाते हैं, हल्के आसनों पर, बगल में भी नहीं।

आने पर बुआ की सेवा के लिए रानी साहिबा ने एक बाँदी भेजी, नाम मुन्ना। रानी साहिबा की प्रायः दस दासियों में एक मुन्ना भी। पाँच-छह साल से नौकर। हाल का ब्याहः खातिरदारी कसरत पर और कुछ इस उद्देश्य से भी कि ऐसा दूसरा नहीं कर सकता, इतना सुख कहीं भी नहीं। मुन्ना की उतनी ही उम्र है जितनी बुआ की। उतनी ऊँची नहीं, पर नाटी भी नहीं। चालाकी की पुतली। चपल, शोक। श्याम रंग। बड़ी बड़ी आँखें। बंगाल के लम्बे-लम्बे बाल। विधवा, बदचलन, सहृदय। प्रायः हर प्रधान सिपाही की प्रेमिका। भेद लेने में लासानी। कितने ही रहस्यों की जानकार। प्रधान-अप्रधान नायिका, दूती, सखी। रानी साहिबा ने जब-जब रण्डी रखने के जवाब में पति को प्रेमी चुनकर झुकाया, तब-तब मुन्ना ने प्रधान दूती का पाठ अदा किया। उसी से रानी साहिबा को खबर मिली, बुआ की नाक कटी है, गाल पर दाँतों के दाग हैं। अनुगामिनी सहचरी बनाने का इतना साधन काफ़ी है। रानी साहिबा ने समधिन को बुलाया।

मुन्ना की ज़बान बंगला है। असल में इसका नाम है मोना या मनोरमा। बुआ इलाहाबाद की ठेठ देहाती बोलती हैं। मुन्ना ने अपनी सरल सुबोध बंगला में रानी साहिबा से मिलने के करीने कई दफ़े समझाए, पर बुआ की समझ में कुछ न आया। फिर बुआ की मान्य के मान्य के सम्बन्ध में युक्तप्रान्त की जैसी धारणा थी, उसमें परिवर्तन हिन्दूपन से हाथ धोना था। मुन्ना के सश्रद्ध रानी साहिबा के उच्चारण से बुआ अपने बड़प्पन को दबाकर ख़ामोश रह जाती थीं, सोचती थीं, धर्म के अनुसार रानी साहिबा में और मुन्ना में उनके समक्ष कौन-सा फ़र्क है? जो काम उनके लिए मुन्ना करती है, वही रानी साहिबा भी पुण्य के संचय के लिए कर सकती हैं। जो कुछ उन्होंने सीखा, वह है, बंगाली ढंग से साड़ी पहनना, मशहरी लगाना। तकिए का सहारा लेना, बंगाली भाजियों को पूर्वापर विधि से खाना। यह भी इसलिए कि उनसे कहा गया था कि उनकी बहू अर्थात राजकुमारी बिना इसके उनसे मिलेंगी नहीं, जब वह आएँगी, तब इसी वेश में रहना होगा, उनके जल-पान के लिए ऐसी ही भाजियाँ देनी होंगी, थाली इसी तरह लगाई जाएगी; नहीं तो वह भग जाएँगी, एक क्षण के लिए नहीं ठहर सकतीं।

मुन्ना के बतलाए हुए ढंग से बुआ ने एक सफेद साड़ी पहनी। विधवा के रजत वेश से पालकी पर बैठीं। वहाँ के सभी कुछ उन्हें प्रभावित कर चुके थे, पालकी एक और हुई। कहारों ने पालकी उठाई और अपनी खास बोली से कोलाहल करते हुए बढ़े। अगल-बगल दो दासियाँ, पीछे मुन्ना। दो सिपाही आगे, दो पीछे। पुरानी अट्टालिका से नई चार फर्लांग के फ़ासले पर है। पालकी नई अट्टालिका के अन्दर के उद्यान में आई। गुलाबों की क्यारियों के बीच से गुजरती हुई खिड़की के विशाल जीने पर लगा दी गई। सिपाही और कहार हट गए। जिस बाजू लगी उधर की दासी ने दरवाजा खोला। मुन्ना पानदान लिए हुए सामने आई और उतरने के लिए कहा। बुआ उतरीं।

दूसरी तरफ़वाली दासी रानी साहिबा को ख़बर देने के लिए रनवास चली गई थी। रानी साहिबा तख्त की गद्दी पर बैठी थीं। लापरवाही से, ले आने के लिए कहा। उनकी लड़की राजकुमारी, बुला ली गई थीं। माता की बगल में बुआवाली चौकी से कुछ हटकर, एक सोफ़ा डलवाकर बैठी थीं।

दासी बुआ को लेकर चली, साथ मुन्ना। बुआ पर प्रभाव पड़ने पर भी मन में धर्म की ही विजय हुई थी। उनका भतीजा ब्याहा हुआ है जिसके इन्होंने पैर पूजे हैं। ये उससे और उसकी माँ से बराबरी का दावा नहीं कर सकते, बुआ तो उनके इष्टदेवता से भी बढ़कर हैं।

भाव में तनी हुई बुआ रनवास के भीतर गईं। वह समझे हुए थीं, समधिन मिलेंगी, भेंट देंगी, आदर से ऊँचे आसन पर बैठालेंगी, तब उससे कुछ नीची जगह पर बैठेंगी; जाति की हैं, जाति की बर्ताववाली बातें जानती हैं, इसीलिए मुन्ना की बातें कुछ समझकर भी अनसुनी कर गई थीं; सोचा था, यह बंगालिन हमारे रस्मोरवाज क्या जानती है? पर भीतर पैर रखते ही उनके होश उड़ गए। रानी साहिबा पत्थर की मूर्ति की तरह मसनद पर बैठी रहीं। एक नज़र उन्होंने बुआ को देख लिया, उनके चेहरे पर सुना हुआ, वर्णन मिलाकर चुपचाप बैठी रहीं।

राजकुमारी ने आँख ही नहीं उठाई। एक दने माता को देखकर सिर झुका लिया। मुन्ना ने भक्ति-भाव से हाथ जोड़कर रानी साहिबा को, फिर राजकुमारी को प्रणाम किया। बड़े सम्मान के स्वर से बुआ को परिचय दिया- महारानीजी, राजकुमारीजी।

बुआ पसीने-पसीने हो गईं। कोई नहीं उठीं, उनकी बहू को भी यह सीख नहीं दी गई। पद की मर्यादा सर हो गई। चुपचाप दो रुपये निकाले और बहू की निछावर करके मुन्ना को देने के लिए हाथ बढ़ाया। मुन्ना घबराकर उन्हें देखने लगी। लेने के लिए हाथ नहीं बढ़ाया। यह रानी साहिबा का अपमान था।

रानी साहिबा देखती रहीं। चौकी की तरफ़ उँगली उठाकर बंगला में बैठने के लिए कहा। बुआ को यह और बड़ा अपमान जान पड़ा। आसन नीचा था। उनकी नसों में बिजली दौड़ने लगी। वह द्रुत पद से मसनद के सिरहाने की तरफ गईं और तकिए के पास बैठकर रानी साहिबा की आँख-से-आँख मिलाते हुए कहा, "समधिन, हम वहाँ नहीं बैठेंगे। वह जगह तुम्हारी है। अगर बड़प्पन का इतना बड़ा अभिमान था तो गरीब का लड़का क्यों चुना?" रानी साहिबा का पानी उतर गया। अपमान से बोल बन्द हो गया। क्षमा उनके शास्त्र में न थी। दाँत पीसकर आधी बंगला आधी हिन्दी में कहा, "तुम्हारा नाक पर क्या है, तुम्हारा गाल पर किसका दाग़ है?"

"यहीं की तरह औरत पर हुए अपमान के दाग़ हैं। लेकिन हमारा चेहरा तुम्हारे दामाद से मिलता-जुलता भी है? जैसा हमारा, हमारे भाई का, वैसा ही उसका; वह चेहरा भी ब्याह से पहले तुम लोगों को कैसे पसन्द आ गया?"

रानी साहिबा पर जैसे घड़ों पानी पड़ा। राजकुमारी झेंपकर उठकर चल दीं। शोर-गुल होते ही कई दासियाँ दौड़ी। रानी साहिबा ने बुआ को उसी वक्त ले जाने की आज्ञा दी।

बुआ दूसरे कमरे में ले जायी गईं। बाँदियों ने अपनी एक चटाई बिछा दी। बुआ ने वहाँ कोई विचार न किया। बैठ गईं। रनवास गर्म हो रहा था। राजकुमारी ने अपने पति से शिकायत की-बुआजी असभ्य हैं। दामाद साहब के मन में यह धारणा जड़ पकड़ चुकी थी। उन्होंने बात को दोहराया। अब रानी साहिबा भी आ गईं और अतिशयोक्ति अलंकार का सहारा लिया। बुआ रानी साहिबा पर चढ़ बैठी गद्दी का सरहाना दबाकर उनका अपमान किया, अपशब्द कहे, रानी साहिबा ने उन्हें अपनी पालकी भेजकर बुलाया था, बैठने के लिए चन्दन की जड़ाऊ चौकी

रखवायी थी, भूत झाड़ने की तरह एक या दो रुपये लेकर राजकुमारी के सिर पर भी घुमाने लगीं, फिर मुन्ना दासी को देना चाहा, दासी ने नहीं लिया, वह कैसे ले सकती थी, फिर तरह-तरह की बातें सुनायीं जो गालियों से बढ़कर थीं। दामाद साहब ने सलाह दी, अब विदा कर देना चाहिए। रानी साहिबा इस पर सहमत नहीं हुई। कहा- आदमी बनाकर भेजना अच्छा होगा। फिर कहा, जाएगी भी कहाँ? तुम्हारी सगी बुआ है, अदनकरीने सीख जाएगी तो विभा (विभावती राजकुमारी) की मदद किया करेगी। रानी साहिबा की सहानुभूति से दामाद साहब ने प्रसन्न होकर सम्मति दी।

एक दूसरे कमरे में रानी साहिबा ने मुन्ना को बुलाया और बुआ के सुधार के लिए आवश्यक शिक्षा दी। मुन्ना ने उनसे बढ़ाकर कहा कि लाख बार समझाने पर भी बुआ ने कहना नहीं माना। मुन्ना रोज बीसियों दफ़े उन पर रानी साहिबा की बड़प्पन चढ़ाती थी, पर वह सुनी-अनसुनी कर जाती थीं। रानी साहिबा ने अब के उपदेश के साथ अपने सम्मान से काम लेने के लिए कहा, जैसे स्वयं बह रानी साहिबा हो।

इस बार बड़ी पालकी की जगह साधारण चार कहारोंवाली पालकी आई। सिपाही और दासियाँ नदारद, सिर्फ मुन्ना। बुआ चुपचाप बैठकर चली आईं।

ब्याह के बाद जागीरदार राजा राजेन्द्रप्रताप कलकत्ता गए। आवश्यक काम था। ज़मींदारों की तरफ़ से गुप्त बुलावा था। सभा थी।

मध्य कलकत्ता में एक आलीशान कोठी उन्होंने ख़रीदी थी। ऐशो-इशरत के साधन वहाँ सुलभ थे, राजा-रईस और साहब सूबों से मिलने का भी सुभीता था इसलिए साल में आठ महीने यहीं रहते थे। परिवार भी रहता था। राजकुमार इस समय वहीं पढ़ते थे। ये अपनी बहन से बड़े थे, पर अभी ब्याह न हुआ था। यह कोठी और सजी रहती थी।

बंगाल की इस समय की स्थिति उल्लेखनीय है। उन्नीसवीं सदी का परार्द्ध बंगाल और बंगालियों के उत्थान का स्वर्णयुग है। यह बीसवीं सदी का प्रारम्भ ही था। लार्ड कर्जन भारत के बड़े लाट थे। कलकत्ता राजधानी थी। सारे भारत पर बंगालियों की अंगरेज़ी का प्रभाव था। संसार प्रसिद्धि में भी बंगाली देश में आगे थे। राजा राममोहन राय की प्रतिभा का प्रकाश भर चुका था। प्रिन्स द्वारकानार्थ ठाकुर का जमाना बीत चुका था। आचार्य केशवचन्द्र सेन विश्वविश्रुत होकर दिवंगत हो चुके थे। श्रीरामकृष्ण परमहंस और स्वामी विवेकानन्द की अतिमानवीय शक्ति की धाक सारे संसार पर जम चुकी थी। ईश्वरचन्द्र विद्यासागर की बंगला, माइकेल मधुसूदनदत्त के पद्म, बंकिमचन्द्र चटर्जी के उपन्यास और गिरीशचन्द्र घोष के नाटक जागरण के लिए सूर्य की किरणों का काम कर रहे थे। घर-घर साहित्य-राजनीति की चर्चा थी। बंगाली अपने को प्रबुद्ध समझने लगे थे। अपमान का जवाब भी देने लगे थे। अखबारों की बाढ़ आ गई थी। रवीन्द्रनाथ के साहित्य का प्रचण्ड सूर्य मध्य आकाश पर आ रहा था। डी.एल. राय की नाटकीय तेजस्विता फैल चली थी। सारे बंगाल पर गौरव छाया हुआ था। परवर्ती दोनों साहित्यिकों से लोगों के हृदयों में अपार आशाएँ बँध रही थीं। दोनों के पद्य कण्ठहार हो रहे थे। जातीय सभा कांग्रेस का भी समादर बढ़ गया था। उसमें जाति के यथार्थ प्रगति के भी सेवक आ गए थे।

इसी समय लार्ड कर्जन ने बंग-भंग किया। राजनीति के समर्थ आलोचकों ने निश्चय किया कि इसका परिणाम बंगाल के लिए अनर्थकर है। बंगाल के स्थायी बन्दोबस्त की जड़ मारने के लिए यह चाल चली गई है। यद्यपि लार्ड कर्जन का मूँछ मुड़ाने वाला फैशन बंगाल में ज़ोरों से चल गया था- मिलनेवाले कर्मचारी और ज़मींदार लाट साहब को खुश करने के लिए दाढ़ी-मूंछें से सफ़ाचट हो रहे थे, फिर भी बंगभगवाला धक्का संभाले न संभला। वे समझे कि चालाक अंगरेज़ किसी रोज़ उन्हें उनके अधिकार से उखाड़कर दम लेंगे। चिरस्थायी स्वत्व के मालिक बड़े-बड़े ज़मींदार ही नहीं मध्यवित्त साधारण जन भी थे। इसलिए यह विभाजन की आग छोटे-बड़े सभी के दिलों में एक साथ जल उठी। कवियों ने सहयोगपूर्वक देश-प्रेम के गीत रचने शुरू किए। संवाद-पत्र प्रकाश्य और गुप्त रूप से उत्तेजना फैलाने लगे। जगह-जगह गुप्त बैठके होने लगीं। कामयाबी के लिए विधेय-अविधेय तरीके अख्तियार किए जाने लगे। संघ-बद्ध होकर विद्यार्थी गीत गाते हुए लोगों को उत्साहित करने लगे। अँगरेज़ों के किए, अपमान के जवाब में विदेशी वस्तुओं के बहिष्कार की प्रतिज्ञाएँ हुई, लोगों ने खरीदना छोड़ा। साथ ही स्वदेशी के प्रचार के कार्य भी परिणत किए जाने लगे। गाँव-गाँव में इसके केन्द्र खोले गए। कार्यकर्ता उत्साह से नई काया में जान फूँकने लगे।

विज्ञान की उस समय भी हिन्दुस्तानियों के लिए काफ़ी तरक़्क़ी हो चुकी थी, पर मोटरों की इतनी भरमार न थी। हवाई जहाज थे, ही नहीं। तब कलकत्ते में बगिया चलती थीं। बाद को मोटरें हो जाने पर भी रईसों का विश्वास था, बग्घी रईसों के अधिक अनुकूल है, इससे आबरू रहती है। राजा साहब ने कई शानदार बग्घियाँ रखी थीं, कीमती घोड़ों से अस्तबल भरा था। शराब और वेश्या का खर्च उन दिनों चरम सीमा पर था। मांस, मछली, सब्जी और फलों के गर्म और क्रीम और बर्फ़दार ठंडे इतने प्रकार के भोजन बनते थे कि खाने में अधिकांश का प्रदर्शन मात्र होता था, वे नौकरों के हिस्से में आकर भी बच जाते थे। फूल और सुगन्धियों का ख़र्च अब शतांश भी नहीं रहा। पुरस्कार इतने दिये जाते थे कि एक-एक जगह के दान से नर्तकियों और गवैयों का एक-एक साल का ख़र्च चल जाता था। आमन्त्रित सभी राजे-रईस व्यवहार में हजारों के वारे-न्यारे कर देते थे। अगर स्वार्थ को गहरा धक्का न लगा होता तो ये जमींदार स्वदेशी-आन्दोलन में कदापि शरीक न हुए होते। इन्होंने साथ भी पीठ बचाकर दिया था। सामने आग में झुक जाने के लिए युवक-समाज था। प्रेरणा देनेवाले थे, राजनैतिक वकील और बैरिस्टर। आज की दृष्टि से वह भावुकता का ही उद्‌गार था। सन् सत्तावन के

गदर से महात्मा गांधी के आख़िरी राजनीतिक आन्दोलन तक, स्वत्व के स्वार्थ में धार्मिक भावना ने ही जनता का रुख फेरा है। इसको आधुनिक आलोचक उत्कृष्ट राजनीतिक महत्त्व न देगा। स्वदेशी आन्दोलन स्थायी स्वत्व के आधार पर चला था। उससे बिना घरबार के, ज़मींदारों के आश्रम में रहनेवाले, दलित, अधिकांश किसानों को फ़ायदा न था। उनमें हिन्दू भी काफ़ी थे, पर मुसलमानों की संख्या बड़ी थी, जो मुसलमानों के शासनकाल में, देशों के सुधार के लोभ से या ज़मींदार हिन्दुओं से बदला चुकाने के अभिप्राय से मुसलमान हो गए थे। बंगाल के अब तक के निर्मित साहित्य में इनका कोई स्थान न था, उलटे मुसलमानी प्रभुत्व से बदला चुकाने की नीयत से लिखे गए, वकिम के साहित्य में इनकी मुख़ालिफ़त ही हुई थी। शूद्र कही जानेवाली अन्य दलित जातियों का आध्यात्मिक उन्नयन, वैष्णव-धर्म के द्वारा जैसा, श्रीरामकृष्ण और विवेकानन्द के द्वारा हुआ था, पर उनकी सामाजिक स्थिति में कोई प्रतिष्ठा न हुई थी, न साहित्य में वे मर्यादित हो सके थे। ब्राह्मण-समाज ने काफ़ी उदारता दिखायी थी, आर्य-समाज का भी थोड़ा-बहुत प्रचार हुआ था, पर इनसे व्यापक फलोदय न हो पाया था। ब्राह्म समाज क्रिश्चन होनेवाले बंगालियों के भारतीय-धर्म-रक्षण का एक साधन, एक सुधार होकर रहा। इसमें सम्मिलित होनेवाले अधिकांश विलायत से लौटे उच्च-शिक्षित थे। मुख्य बात यह कि परिस्थितियों की अनुकूलता के बिना उचित राष्ट्रीय संगठन नहीं हो सकता, न हो सका। हिंसात्मक जो भावना स्वतन्त्रता की कुंजी के रूप में प्रचारित हुई, वह संगठनात्मक राष्ट्रीय महत्त्व कम रखती थी। गांधीजी का असहयोग इसी की प्रतिक्रिया है, पर इसकी एकता की जड़ और गहरे पहुँची थी।

अस्तु, इस समय गुप्त सभाओं का जैसा क्रम चला वैसा और उतना सिराजउद्दौला के समय अँगरेजों की मदद के लिए भी नहीं चला। कुछ ही दिनों में राजों, रईसों और वकील-बैरिस्टरों से मिलने पर राजा राजेन्द्रप्रताप की समझ में आ गया कि देश को साथ देना चाहिए। चिरस्थायी स्वत्व की रक्षा ही देश की रक्षा है, इस पर उन्हें ज़रा भी संदेह नहीं रहा। बहुत जगह दावतें हुई, बहुत बार प्रतिज्ञाएँ की गईं। वकील और बैरिस्टरों के समझाने से दूसरे-दूसरे ज़मींदारों की तरह राजा राजेन्द्रप्रताप भी समझे, उन्हें कोई खतरा नहीं। जिस मदद के लिए वह बात है चुके हैं, पुलिस को उसकी ख़बर नहीं हो सकती, पुलिस उन्हें पकड़ नहीं सकती।

दूसरों की तरह राजेन्द्रप्रताप ने भी दावत दी। कोठी सजी। कलकत्ता के और वहाँ आए हुए बंगाल के ज़मींदार आमन्त्रित हुए। निमन्त्रण-पत्र में लिखा

गया, राजकुमारी के ब्याह की दावत है। अच्छे पाचक बुलाये गए। राजभोग पका। विलायत की कीमती शराबें आईं और कलकत्ता की सुप्रसिद्ध गायिका वेश्याएँ। विशाल अहाते में ज़मींदारों की बग्घियों का ताँता लग गया। प्रचण्ड रोशनी हुई। आलीशान बैठक में राजे और जमींदार गद्दियों पर तकियों के सहारे बैठे। शराब ढलने लगी। गायिकाओं के नृत्य और गीत होने लगे। कुछ ही समय में भोजन का बुलावा हुआ। राजसी ठाट के आसन लगे थे। सोने और चाँदी के बरतनों में भोजन लगाकर लाया गया। सबने प्रशंसा करते हुए भोजन पाया। इशारे से बातचीत होती रही। सब-के-सब एकमत थे। भोजन के बाद थोड़ी देर तक गाना सुनकर सभी श्रेणियों के लोगों को इनाम देकर ज़मींदार लोग अपनी-अपनी कोठियों को रवाना हुए। गायिकाएँ भी गईं। केवल एक आदमी बैठा रहा। वह कलकत्ते का एक प्रसिद्ध बैरिस्टर है। उस समय कमरे में कोई न था।

उसने राजेन्द्रप्रताप से कहा, "हमको जगह चाहिए। आप लोगों के पास जगह की कमी नहीं। वहाँ कार्यकर्ता छिपकर काम करेंगे। आप उनकी निगरानी रख सकते हैं।" "हाँ।"

"जगह आप लोग देंगे, आदमी हम। आपमें जो कलकत्ते के रहनेवाले हैं वे अपनी कोठियों में जगह नहीं दे सकते। उनसे हम रुपया लेंगे और किराए की कोठियों में काम करेंगे।"

"हाँ।" राजेन्द्रप्रताप को विश्वास था कि वे दो-चार को क्या बीसियों आदमियों को छिपा दे सकते हैं। गढ़ के भीतर पुलिस के आने तक वे आदमी बाहर निकाल दिये जा सकते हैं, माल गहरे तालाब में फेंकवा दिया जा सकता है। पूर्वपुरुषों से जमींदारों की दुस्साहसिकता की जो बातें वह सुन चुके हैं और खुद कर चुके हैं, उनके सामने ये नगण्य हैं।

"सारा देश साथ है।" बैरिस्टर ने कहा, "घबराइयेगा नहीं। हमारे आदमी पकड़ जाएँगे तो अपने पर ही कुल जिम्मेवारी लेंगे। आपको पकड़ायेंगे नहीं। कोठी में भी पकड़े जाएँगे तो उनका यही कहना होगा कि वे एकान्त देखकर अपनी इच्छा से गए थे।"

राजा राजेन्द्रप्रताप को विश्वास का बल मिला। बैरिस्टर कहते गए, "किसी तरह की अनहोनी होती दिखे तो आप उन्हें जल्द सूचित कर दें।"

राज साहब ने सम्मति दी। बैरिस्टर ने कहा, "जो आदमी वहाँ आपसे मिलेगा, वह आज से चौथे दिन तारकनाथ का आदमी कहकर मिलेगा। उसका नाम प्रभाकर है। उसके साथ तीन आदमी और होंगे। सामान की व्यवस्था की हुई रहेगी; भीतर ले जाने, ले आने और भोजन-पान का इन्तजाम आप करा दीजिएगा, साथ इस तरह कि भेद न खुले, बहुत विश्वासी आदमी काम में रहें जिनके जीवन की बागडोर आपके हाथ में हो। समझते हैं?"

"हाँ, हमारा सम्बन्ध तो आपको मालूम है।" राजा साहब मुस्कराए। बैरिस्टर साहब ने कुछ देर तक ऐसी ही बातचीत की, फिर विदा हुए।

राजा राजेन्द्रप्रताप के कोचमैन मुसलमान हैं। तीन बग्घियाँ और आठ घोड़े कलकत्ता में हैं, कुछ अधिक राजधानी में। अली एक कोचमैन हैं। इनके पिता लखनऊ में रहते थे, पूर्वज ईरान के रहनेवाले; बाद को शाह वाजिदअली के न रहने पर, मटियाबुर्ज चले आए। शाही खानदान के दर्जी। कपड़े अच्छे सीते थे। अली आवारगी-पसन्द थे, सुई नहीं चला सके घोड़े की लगाम थामी। हिन्दू भी आदमी हैं, यह धर्मानुसार समझ में नहीं आया। हिन्दू की आख्या गुलाम से बढ़कर नहीं कि! अँगरेजों से लड़ाई में मुसलमान हारे, इसकी वजह हिन्दुओं की बेईमानी है, ऐसे विचार पाले रहे। फिर भी खामोशी से काम करते हुए गुज़र करते रहे यानी मालिकों से काम के अलावा दूसरी बात न की। किसी हिन्दू को कभी राज नहीं दिया बल्कि लिया, और बड़ी सफ़ाई से, भलमनसाहत के बहाने।

बंगालियों की बढ़ती से अली इस नतीजे पर आए कि बिना अँगरेजी के चूल न बैठेगी। दूर तक पहुँच न थी, पुलिस के मुसलमान दारोगा को राज देने और उनके इशारे पर काम करने-कराने लगे। उन्हें एके की कुंजी मिली। ज़मींदारी हिन्दुओं की कारोबार हिन्दुओं का, बड़ी बड़ी नौकरियों पर हिन्दू वकील-बैरिस्टर-डॉक्टर-प्रोफेसर भी हिन्दू। यही हिन्दू अँगरेजों से मिले और मुसलमानों से दग़ा की। अली की आँख खुल गई। यह मिलने का नतीजा है कि चारों तरफ़ हिन्दू मंडला रहे हैं। सरकार हरएक की है। भूखों मरनेवाले भूखों न मरेंगे अगर सरकार को साथ दिया। सरकार ने बंगाल के दो हिस्से किए हैं, यह मुसलमानों के फ़ायदे के लिए। आए-दिन ये जमीनें मुसलमानों की। जमींदारी का यह कानून न रहेगा। नवाबों से सारी मुसलमान रैयत को फ़ायदा नहीं पहुँचा। नक्शा आँख के सामने आया। बादशाहत से वह दब गया था। कुछ यहाँ सुना, कुछ वहाँ, कुछ अपनी तरफ़ से सोचा। स्वदेशी का आन्दोलन चल चुका था। बातें मुसलमान और इतरवर्ग के नेता फैला रहे थे। अँगरेजी शासन के प्रारम्भ से ऐसी तोड़वाली बातों का महत्त्व है।

अली को कामयाबी हुई। लड़का पढ़ रहा था, एण्ट्रेन्स में 2 साल की उम्र में फेल हुआ, थानेदारी के लिए चुन लिया गया। उन्होंने देखा था, उनके राज से थानेदार इन्स्पेक्टर हो गए थे; वह अपने लड़के को राज देने लगे। पहले मालिक की गरदन नापी। सोचा, असामी बड़ा है, तरक्क़ी लम्बी होगी। आन्दोलन का हाल मालूम था। राजा साहब जहाँ-जहाँ गए थे, लड़के से कहा। कोठी में जिनकी जिनकी बग्घी आई थी बतलाया। मुसलमान कोचमैनों के नाम लिखवाये, भीतरी सूरत से गवाही ले लेने के लिए। फिर कहा, राजा थियेटर-रोडवाली मशहूर तवायफ़ एजाज़ के घर जाता है, वह भी कभी-कभी कोठी आती है, कभी अपने वहाँ, बिलासपुर साथ ले जाता है, वहाँ महीनों ठहरती है।

पुत्र ने गंभीर होकर कहा, सरकार से बगावत की तो मिट जाएगा। ख़ैर, राज भी खुल जाएगा। आप आराम कीजिए।

अली के लड़के का नाम यूसुफ है। पर हैं बदशक्ल। अली भी शक्ल से ईरानी नहीं मालूम होते। मुसलमान तोड़े कसते हैं। अली हिन्दुस्तान पर बुखार उतारते हैं- ऐसा मुल्क है कि हुमा भी चुग्द की शक्ल में बदल जाता है। फिर फारिस के मशहूर लोगों को अपने खानदान का करार देकर उनके रंग और रूप की तारीफ़ करते है।

यूसुफ ने कसकर डायरी लिखी। फिर मामले में हाथ लगाने की देर तक सोचते रहे। उनके हलके में न राजा राजेन्द्रप्रताप की कोठी आती थी, न एजाज़ की। वह थाने के बड़े थानेदार भी न थे। उनसे बड़े जो दो-तीन अफ़सर थे, कुल-के-कुल बंगाली। वह खिंचे। कमिश्नर से मिलने की सोची, पर हिम्मत न हुई। कोई राज़ सरकार के खिलाफ़ नहीं मालूम हुआ। अभी सुबूत भी नहीं। असामी बड़े-बड़े हैं। बाप नौकर। धेले की बुलबुल हाथ न लगे और टका हुशकाई पड़ जाए, पुलिस की आँख में गिर जाना है।

उन्हें हिम्मत हुई। एजाज़ मुसलमान है। इससे काम निकल सकता है। फिर कच्चे पड़े। उसका राज़ किसी बड़े मुसलमान के यहाँ रहता होगा। सीधी बातचीत करेंगे तो पकड़े जाएँगे। कुछ देर कशमकश में रहे। फिर रहा नहीं गया। शिकार हाथ से निकल जाएगा। किसी बड़े के कान में बात पड़ी तो अपना बस न रहेगा और नामवरी भी शिकार में हाँकेवालों की रहेगी। बड़ा नाजुक वक्त है, सरकार को सुबूत दिलाया जा सका तो रात-भर में महल खड़ा हो जाएगा।

यूसुफ पिता के कमरे में गए। अली की आँख न लगी थी। आवाज़ पर उठे। यूसुफ बैठे कहा, "उस रण्डी को एक दफ़ा हलके में ले आना है; झाबरमल डागा या जौहरी को फाँसिए। उसका मुजरा कराएँ।"

अली की निगाह बदली। कहा, "अबे उल्लू के पट्ठे, वहीं ढेर हुआ जहाँ दुश्मन। ये बक्काल बात पर आएँगे। ये बड़े आदमी हैं। इनका राज़ बड़ों में रहता है। यों पर बँध जाते हैं। भेद खुल जाएगा। बात मान, मछुआ बाज़ार के गुण्डों से काम ले। शिकायत लिखवा, देख, कैसी बेपर की उड़ाते हैं। उसका भी कुछ राज लिया या खातून समझ बैठा?" अली ने करवट बदली। यूसुफ चले आए।

दूसरे दिन कुछ गुण्डों की मदद ली। भले आदमी बने रहनेवाले दो आदमी फँसे। उन्होंने रिपोर्ट लिखवाई। कुछ पढ़े-लिखे थे, पर बायाँ अँगूठा घिसकर गए थे। अँगूठे का निशान लगाया। गुण्डों ने कहा, “हुजूर का काम हो गया अब चड्ढी गठ गई।” बाहर निकलकर कहा, “अब, बेटो, साल-भर इनके सिर चढ़े घूमो। फिर यही बँधे या तुम। तुम न बँधोगे। यह फँसेगा नया थानेदार। अब चलो, शराब पिला दो, अब जल्द इस हल्के से कुछ कमा लो।” गुनी ने रुस्तम से कहा, “दाम दे दे। उस्ताद खरीद लेंगे।” रुस्तम ने पाँच रुपये का नोट उस्ताद क़मर को दिया।

कमर को मालूम था, एजाज़ शरीफ है, शहर में उसकी इज्जत है, गाने में लासानी, उसके खाते में दर्ज हैं- पहला नाम इनाम भी देती जाती है, हर महीने बीस रुपये। सोचा अच्छे-खासे रईस की हैसियत उसकी, 400 महीने का अँगरेजी पढ़ा सिकत्तर रखे है, यह धानेदार चपेट में आएगा। मामला जैसा भी हो, मालूम हो जाएगा। सोचता लापरवाही से साथियों के साथ बढ़ता हुआ, देशी शराब की दुकान की तरफ मुड़ा और भीतर घुसकर दो आदमियों से दो बोतलें खरीदीं, तब सस्ती थीं। वहाँ से बाज़ार की तरफ़ चला।

एजाज़ देखते-देखते मशहूर हो गई। वह एक बड़े तवायफ़ की बेटी है। शिक्षा कायदे से हुई है। उर्दू, बंगला और अँगरेजी अच्छी जानती है। गाने-बजाने की भी बड़े-बड़े उस्तादों से तालीम मिली है। नए पुराने दोनों तरह के गाने जानती है। बेजोड़ सुन्दरी। गोराई काफ़ी निखरी हुई। उँगलियाँ, हाथ, पैर, गला, नाक, आँखें, भौंहें सब लम्बी-लम्बी, जैसे चम्पे की कली। पहनावा भी वैसा ही लम्बा। प्रान्त-प्रान्त और देश-देश का पहनावा करनेवाली। उम्र 30 साल की होगी। साल-भर से राजा राजेन्द्रप्रताप की नौकर है। दो हजार महीना लेती है। साथ बाहर भी जाती है और राजधानी भी। राजधानी में उसके लिए अलग बंगला है। कुछ महीनों से राजा साहब ने दूसरी महफिल का गाना रोक दिया है। कलकत्ते में उसकी अपनी आलीशान कोठी है। चारों ओर लान, बगीचा। फौवारे लगे हुए। गुलाब और ऋतु-पुष्पों के पेड़। पत्थर की परियों की नंगी मूर्तियाँ। गाड़ी-बरामदा।

नीचे और ऊपर सजी हुई बैठके। विभिन्न प्रकार के साज। सुन्दर-सुन्दर तैल-चित्र। फाटक पर सन्तरियों का पहरा। दास और दासियाँ।

गाड़ी-बरामदे की ऊपरवाली छत पर फूलों के टब रखे हुए हैं। मेज़ पर दस्तरखान बिछा हुआ है। गुलाब की सजी फूलदानी रखी हुई है। गिलास में रोजेड बर्फ़-मिला रखा है। अभी लाल फेन नहीं। सूरज डूब चुका है, फिर भी उजाला है। सड़क के आदमी देख पड़ते हैं। मन्द-मन्द दखिनाव चल रहा है। एक-एक झोंके से कविता आकर गले लगती है। एजाज़ बैठी हुई गिलास के फूटते हुए फेन के बुलबुले देख रही है। रसीली आँखों से, मालूम नहीं कौन-सा विचार लगा हुआ है। एक कनीज़ खड़ी हुई आज्ञा की प्रतीक्षा कर रही है।

इसी समय यूसुफ फाटक पर दिख पड़े। एजाज़ ने देखा, फिर आँखें फेर लीं। यूसुफ ने एजाज़ को नहीं देखा। सन्तरी के पास कुछ सेकण्ड के लिए खड़े हुए। मिलना चाहते हैं, कहा। सन्तरी ने सिरहिलाकर भीतर जाने का इशारा किया। यूसुफ निकल गए। पोर्टिको से बरामदे पर गए। कुर्सियाँ रखी थीं। एक बेयरा खड़ा था। आदर से बैठने के लिए कहा। यूसुफ बैठे। बेयरा ने कार्ड माँगा। कार्ड यूसुफ के पास नहीं था। उन्होंने कहा, सरकारी काम है।

रण्डी सरकारी काम में आ सकती है, कोई बड़ा काम होगा, जो मर्दों का किया हुआ नहीं पूरा हुआ, सोचता हुआ वह सिकत्तर के कमरे में गया। खबर दी, "एक साहब तशरीफ़ ले आए हैं," कार्ड माँगने पर कहा, "सरकारी काम है।"

सेक्रेटरी का ख़ास वक्त यही है, शाम के चार से रात के दस तक। इसी वक्त वह ऑफिस करते हैं। पत्रों के जवाब लिखते हैं, मिलनेवालों से बातचीत करते हैं। अपने कमरे से उठकर बाहर आए। यूसुफ साहब से हाथ मिलाया। पूछा, "जनाब का नाम?"

"हाँ, एक है, मगर इस वक्त तो यही कि हम सरकारी।"

सेक्रेटरी कुछ सेकण्ड देखते रहे। पूछा, "क्या हुक्म है?"

"हम मालिका-मकान से मिलना चाहते हैं।"

"उस वक्त दूसरा भी कोई होगा?"

"नहीं।"

"यह नहीं हो सकता। आपको अपना कुछ पता देना होगा अगर आप अपना नाम नहीं बतलाना चाहते। फिर किस सरकारी काम से यहाँ आने की ज़हमत गवारा की, फ़र्माना होगा और मुझसे। मैं उनसे अर्ज करूँगा फिर उनका जवाब आपको सुनाऊँगा।"

"यह ऐसा काम नहीं।"

"मान लीजिए, वह नौकर हैं, ख़ातून की हैसियत से रहने की कैद है।"

"आप पहले फ़र्मा चुके हैं, कोई दूसरे रहेंगे तो मैं उनसे बातचीत कर सकता हूँ। फिर कहा, मैं आपसे कुल बातें कह दूँ, आप जवाब ला देंगे अपना नाम या पता बताने के बाद। यह शायद किसी ख़ास दरजे की ख़ातून के बर्ताव में आता है?"

"गुस्ताखी मुआफ़ फ़र्माएँ। रण्डी का मकान समझकर कितने ही लुच्चे आते हैं। हमें पेशबन्दी रखनी पड़ती है। सरकारी काम की पाबन्दी हमें कुबूल है, लेकिन वह कैसा सरकारी काम है, यह आप उन्हीं से कहेंगे, मैं उनका सेक्रेटरी हूँ, मुझसे नहीं; मेरे सामने भी आपको कहना मंजूर नहीं। ऐसी हालत में मैं आपको लुच्चा न समझकर सरकारी काम से आया हुआ अफ़सर समझूँ। मैंने कहा, वह नौकर हैं, खातून की तरह रहती हैं। इस पर भी आपने एक तुर्रा कस दिया। एक भले आदमी की तरह इतना समझने की तकलीफ़ भी आपको गवारा नहीं हुई कि जिन्होंने मालिका-मकान को नौकर रखा है, उन्हें उनकी बेपर्दगी, पसन्द न होगी, दोनों में नौकरी की शर्तें होंगी।"

"मैं समझा। अफ़सर को गाली आपने दी। अफसर क्या है, यह आपको अच्छी तरह मालूम होगा। अफ़सर इस तरह नहीं आता, न यों जवाब देता है। वह अपनी जगह पर बुलायेगा और नौकरी की कुल शर्तों को तोड़कर खातून साहिबा को चलकर मिलना होगा। उस वक्त हम कुछ ऐसी तैयारी ला देंगे कि खातून साहिबा उम्रभर याद रखेंगी। हम कोई हैं और दर्ज होकर आए हैं। लौटकर कुछ लिखेंगे और भेजेंगे। आप सिकत्तर हैं, इसलिए मिल सकते हैं, और हम सरकारी काम से आए हैं, इसलिए नहीं मिल सकते। आपको खौफ़ है, जैसे हम कोई चाकू लिए हुए हैं और उनकी नाक काट लेंगे।"

यूसुफ की दहाड़ से सेक्रेटरी साहब दबे। कहा, "हमें जैसी हिदायत है, हमने आपसे अर्ज कर दी।"

फिर सँभलकर बोले, "अफ़सर जब बुलाएँगे, तब लिखकर बुलायेंगे या अपने नाम से आदमी भेजकर। मेरी समझ में नहीं आता, अफ़सर का बुलावा खुफ़िया तौर से कैसे होगा। फिर, जवाब मुख्तार आम से भी दिया जा सकता है या इन्हीं को हाजिरी बजानी पड़ेगी?"

"आप यह नहीं समझे कि सरकार मुख्तार आम का पेश होना मंजूर कर भी सकती है और नहीं भी। आप जैसी बातें कर रहे हैं, इनसे उलझन बढ़ती है। नतीजा साफ़ है, आपके हक़ में कैसा होगा। तैयार रहिए।"

"हम इतना जानते हैं, कई हजार रुपये हम इन्कम-टैक्स देते हैं; सरकार की निगाह में इसकी इज्जत है। फिर आपको कुल माजरा समझा दिया गया है। एक प्रोविन्शल मेरे साथ भी है। अच्छी बात, अब मैं आपसे समझूँगा। तैयार रहिए। आप अपना भेद नहीं बताना चाहते, मैं कहता हूँ, बगैर कुछ भेद दिये आप बचकर नहीं निकल सकते।"

थानेदार घबराये। फिर हिम्मत बाँधकर कहा, "हम जब यहाँ आए, समझिए, रत्ती-रत्ती हाल मालूम करके। हम अन्धे नहीं। सच आपके मकान का ठाट आपकी हैसियत बयान कर रहा है। मगर हमारी बात मानियेगा तभी फ़ायदा उठाइयेगा, सरकार के यहाँ नेक-नामी लिखी जाएगी।"

"जब तक हमें इसका गुमाँ भी न होगा कि आप कौन हैं, हम आपके साथ लगे-लगाए रहेंगे। उधर हमारे पैर तभी उठ सकते हैं जब हमें कुछ राज मिल जाएगा।"

"इस तरह से मिलने एक ही महकमे के आदमी आते हैं। नाम वह कभी नहीं बतायेंगे, सिर्फ़ काम बतला जाएँगे। कर दिया तो नेक नामी न किया या धोखा दिया तो इसकी सज़ा है। समझिए हम-पुली...।"

"आप जो काम बतला जाएँगे, उसका हासिल मालूम करने के लिए आप हो जाएँगे या कोई दूसरे?"

"हमीं आएँगे; मुमकिन और आदमी हमारे साथ हों। बाद को, गिरह पड़ गई तो बड़े साहब भी आ सकते हैं।"

सेक्रेटरी उठकर अपने कमरे में गया। दिन, तारीख़, मास, साल, समय और पुलो के नाम से कही हुई उस आदमी की कुल बातें उसकी शक्ल के वर्णन के साथ लिख लीं। एक सिपाही को बुलाकर कहा, "तुम दो-तीन छिपे तौर से इस

आदमी का हाल मालूम करो, पूरा पता ला सके तो इनाम मिलेगा। आदमी बरामदे में बैठा है। कोई छेड़ न करना।"

फिर बाईजी के पास ख़बर भेजी कि जरूरी काम से मिलना है। एजाज़ ने बुला भेजा। सिकत्तर साहब गए। उसने मेज की बग़लवाली कुर्सी पर बैठाया। सिकत्तर बैठकर एक-एक करके कुल बातें संक्षेप में सुना गए।

एजाज़ कुछ देर तक सोचती रही। फिर पूरे इत्मीनान से कहा, "सिकत्तर साहब, एक राज और लीजिए। कहिए, वह बातचीत करने के लिए तैयार हैं, अगर उस बातचीत में राजा साहब का नाम नहीं आया। गुलाबबाड़ी में एक मेज़ और दो कुर्सियाँ डलवा दीजिए।"

नौकर से कहकर सिकत्तर यूसुफ के पास आए। कहा, "बाईजी आपसे बातचीत करेंगी, शर्त एक रहेगी, आप राजा साहब के बारे में कोई बात न उठायेंगे।"

"हम किसी शर्त पर बातचीत न करेंगे, "यूसुफ ने पुतलियाँ पलटकर कहा।

सिकत्तर फिर एजाज़ के पास गए। सुनकर एजाज़ ने कहा, "आप समझे?- उन्हीं की गर्दन नापी जाएगी। हमारा और इनका कहना लिख लीजिएगा। हम नीचे चलते हैं। लिखकर सभ्यता से उन्हें भेज दीजिए, गुलशन ले आएगी। आदमियों से कह दीजिएगा, होशियारी रखें।"

एजाज़ गुलाबबाड़ी में आकर बैठी। सिकत्तर ने लिखकर यूसुफ से आकर कहा, "सरकार की फ़तह रही। गुलाबबाड़ी में हैं। तशरीफ़ ले चलिए।" गुलशन की तरफ़ हाथ उठाकर कहा, "यह ले जाएगी।"

गुलशन यूसुफ को ले चली। गुलाबबाड़ी में एजाज़ ने नसीम को कीमती साड़ी पहनाकर बैठाया था। बगीचे की शोभा देखते हुए यूसुफ चले। अंधेरा हो आया था। कुछ दूर एक गैस की बत्ती जल रही थी।

6

यूसुफ फतहयाब थे- उनकी शर्तें कुबूल कर ली गईं। गुरूर से कदम उठ रहे थे। गुलशन गुलाबबाड़ी में ले गई। नसीम की तरफ़ उँगली उठाकर कहा, "आप।"

नसीम उठकर खड़ी हो गई। बड़ी अदा से कहा, "आदाब अर्ज।"

यूसुफ बहुत खुश हुए। जवाब में हाथ उठाया, वह हाथ जैसे सरकार का हो।

नसीम ने पूछा, "हुजूर का मिजाज़ अच्छा?"

"खैरियत है।" थानेदार साहब ने जवाब दिया।

कुर्सी की तरफ़ उँगली का हल्का इशारा करके नसीम ने कहा, "हुजूर की कुर्सी।"

थानेदार साहब संजीदगी से बैठे। नसीम भी बैठी, बैठते हुए कहा, "हम हुक्म की तामील करनेवाले!"

थानेदार साहब बहुत खुश हुए। सोचा, रंग चढ़ गया, बाजी हाथ है। इधर-उधर देखा। गुलशन हट गई थी।

"आप एजाज़ बाई हैं?" थानेदार ने पूछा।

"हुक्म।"

"काफी अरसा हुआ। दूसरा काम है। वक्त ज़्यादा नहीं।" नसीम खामोश रही। थानेदार को संदेह नहीं हुआ। वह सुन्दरी और खानदानी दिख रही थी। बातचीत साफ़।

"आपकी शिकायत है।"

नसीम आँखें फाड़कर देखने लगी।

"दोस्त और दुश्मन सबके होते हैं। सरकार तहकीकात कर रही है। वक्त पर दूध और पानी अलग कर देगी।"

नसीम ने ललित स्वर से कहा, “क्या ही अच्छा हो कि इसके पूरे भेद से हम भी वाकिफ़ हो जाएँ।”

“यह हमारे हाथ की बात नहीं। खुद हम इसके भेद से वाकिफ़ नहीं। पर एक सूरत हम ऐसी बतायेंगे कि शिकायत भी रफ़ा हो जाएगी और सरकार के मददगार दोस्तों में नाम दर्ज हो जाएगा।”

“मेहरबानी।” नसीम ने विजयी स्वर से कहा।

“मैं मुसलमान हूँ। दूसरी शिरकत मजहबी है।”

नसीम गंभीर हो गई। कुर्सी पर हाथ समेटकर बैठी।

“आजकल जमींदारों और कुछ हिन्दुओं ने सरकार के ख़िलाफ़ गुटबन्दी की है। जिस जमींदार से आपके तअल्लुकात हैं, इस पर सरकार को शुभा है। इसका भेद मालूम होना चाहिए। इससे सरकार की मदद भी होगी और कौम की खिदमत भी। सरकार की मदद इस तरह कि आपके जरिए दुश्मन का राज सरकार को मिलेगा और कौम की खिदमत इस तरह की सुदेशी का बवेला जो हिन्दुओं ने मचा रखा है, यह जड़ से उखड़ जाएगा। मुसलमान रैयत को फ़ायदे के बदले नुकसान है अगर हिन्दुओं को कामयाबी हुई। सरकार ने बंगाल के दो हिस्से इस उसूल से किए हैं कि मुसलमान रैयत को तकलीफ़ है; मौरूसी बन्दोबस्तवाली 99 हर सदी ज़मीनों पर हिन्दुओं का दख़्त है; यह आगे चलकर न रहेगा। इससे मुसलमानों की रोटियों का सवाल हल होता है। आपके दोस्ताने के बर्ताव से दुश्मनों की की हुई शिकायत का असर जाता रहेगा, उल्टे फायदा उठाइयेगा।”

“आपकी सलाह नेक।” नसीम ने दोस्ती की आवाज़ में कहा।

“आदाब अर्ज।” थानेदार साहब उठकर खड़े हो गए, “अब मैं चलता हूँ। सीन याद रखियेगा। जो शख्स कहे, उसे अपना आदमी समझियेगा। उसे और कोई राज न दीजिए। सिर्फ़ कहिए, 'फँस गया' या 'नहीं फँसा।' पूरी बातें मैं ही मालूम करूँगा। मैं तीन और तीन कहूँगा। आप वाक़िफ़-हाल हैं। सहूलियत से काम लेना है। हमारे आप लोगों से गहरे तअल्लुकात रहते हैं।”

“पान-सिगरेट शौक फर्माते हैं?” थानेदार साहब चल पड़े थे, खड़े हो गए। नसीम ने सोने के पानदान से निकालकर पान दिये और डिब्बे से सिगरेट। सामने दियासलाई म जलायी। थानेदार साहब ने आँखें भरकर देखा। दियासलाई के गुल होते जैसे दिल में अंधेरा छा गया।

तीसरे दिन राजा साहब की चलने की तैयारी हुई। एजाज़ को भी चलना था। उससे बातचीत हो चुकी थी। उसने तैयारी कर ली। इस बार नसीम और सिकत्तर को यहीं छोड़ा। नसीम को कुल बातें लिखवा दीं। एक नकल अपने पास रखी। थोड़ा-सा सामान और गुलशन को लेकर जेट्टी के लिए गाड़ी पर बैठी। राजा साहब के साथ कुल सहूलियतें हैं। खुशी-खुशी चल दी। आदमियों से थानेदार साहब को भेद नहीं मालूम हो सका। फाटक के बाहर रास्ते पर भेस बदले हुए पुलिस के सिपाही थे, कुछ और आदमी। थानेदार निकलकर उल्टे रास्ते चले। काफ़ी दूर निकल गए। फिर एक-एक छुटने लगे। थानेदार रेलवे-स्टेशन से डायमण्ड हारबर की तरफ रवाना हुए।

जेट्टी से राजा साहब का स्टीमर लगा हुआ था। आने-जाने के सुभीते के लिए उन्होंने खरीदा था। अच्छा-खासा स्टीमर दो-मंजिला। नीचे सामान लद चुका था। सिपाही, खानसामे, बाबू पाचक और खिदमतगार आ चुके थे। डेक की एक बगल लोहे के मूल्यों पर खाना पक रहा था। जाफ़रान और गर्म मसाले की खुशबू आ रही थी। ऊपरवाले डेक की सीढ़ी पर सशस्त्र पहरा लग चुका था। केबिन में और जहाज के सामने ऊपरवाले डेक पर ऊँचे गद्दे बिछ गए थे। अभी राजा साहब नहीं आए। एजाज़ की गाड़ी आई। गुलशन ने उतरकर गाड़ी का दरवाजा खोला और कब्जा पकड़ा, सहारे के लिए बाँह की रेलिंग बन गई। एजाज़ उतरी। लोगों की आँखें जम गईं। रूप से हृदय भर गया। आज का पहनावा मोरपंखी है। साड़ी का वही रंग, वही बूटे, फरमाइश से तैयार की हुई। जमीन सुनहरे तारों की। सिर के कुछ बाल मोर की चोटी की तरह उते हुए: हर डाँड़ी पर हीरे की कनियों के साथ नीलम बँधा हुआ। पैरों में कामदार मोती-जड़ी जूतियाँ। उतरकर एजाज़ मोर की ही चाल से चली। जेट्टी की एक बग़ल पुलिस का सिपाही खड़ा था। सलाम किया। जेट्टी और नीचेवाले डेक पर राजा के लोग खड़े थे। देखकर खुश हुए, पर मुँह फेरकर दूसरे को सुनाकर गाली दी। एजाज़ दूर थी। चलती हुई पास आई। लोगों ने रास्ता निकाल दिया। डेक पर जाने की काठ की सीढ़ी लगा दी। उस डेक

से दूसरे तले की सीढ़ी पर वह चढ़ने लगी। सिपाही ने रानी साहिबा की सशस्त्र सलामी दी। हाथ उठाकर, एजाज़ ऊपर गई। गुलशन ने पूछा, "कहाँ रहिएगा?"

"केबिन में जब तक राजा नहीं आते।"

"लोग अड़े हैं, कुछ उनका भी ख्याल?" कहते हुए गुलशन ने केबिन का दरवाजा खोला।

"अभी साड़ी और पहनावा देख रहे हैं, "कहती हुई एजाज़ केबिन में चली गई, "जब आदमी को देखेंगे, तब तू ही ठहरेगी। इस पहनावे से तो नहीं घिसटते? "एजाज़ ने गुलशन की साड़ी का छोर खींचा। गुलशन मुस्करा दी।" अच्छा चलो, केबिन के सामनेवाली कुर्सी पर बैठो जरा देर।"

"मैं कहती हूँ, राजा साहब के आने पर डेक पर महफ़िल लगेगी।

"तू राजा साहब बन जा, मैं शीशा और प्याली ले लूँ।"

गुलशन भग गई। दूसरी तरफ़ से बाहर निकली और कुर्सी पर बैठ गई।

कोच-बॉक्स की बग़ल में बैठे सिपाही ने पेटियाँ उठवाकर एजाज़ के केबिन में लगवा दीं। चलते वक्त की सलामी दी। एजाज़ ने गुलशन से बीस रुपये ले लेने के लिए कहा। 5 खुद ले, 5 कोचमैन और साईस को दे, 5 डेक के पहरेदार को, 5 पुलिस के सिपाही को। सिपाही के चले जाने पर गुलशन को भेजकर राजा साहब के एक खिदमतगार से मालूम किया, राजा साहब और पुलिस के सिपाहियों को क्या इनाम मिला।

जेट्टी पर जहाज के ठहरने का तीन मिनट समय रह गया, राजा साहब की गाड़ी आई। सिपाहियों और नौकरों पर अदबी सन्नाटा छा गया। रफ्तार के बढ़ने पर भी शोरोगुल का नाम न रहा। शान के कदम उठाते हुए जेट्टी से गुज़रकर राजा साहब ने डेक पर चढ़नेवाला पीतल का चिकना डण्डा पकड़ा। एक बराल, साथ आए हुए सशस्त्र अर्दली और सीढ़ी के पहरेदार ने खड़े होकर बन्दूक की सलामी दी। राजा साहब सीढ़ी से चढ़े। ऊपर के डेक पर, जहाँ सीढ़ी ख़त्म होती है, एजाज़ खड़ी थी। उसके पीछे गुलशन। एजाज़ ने ललित सलाम किया। राजा साहब ने हथेली थाम ली। दोनों साथ-साथ सामने बिस्तर की ओर बढ़े। गद्दे पर पहले एजाज़ ने पैर रखा। दोनों तकिए लेकर बैठे। राजा साहब अतृप्त आँखों से एजाज़ का खुलता हुआ रूप और पहनावा देखते रहे। जरा देर के लिए सेक्रेटरी आए। राजा साहब ने पुलिस के लिए कहकर जहाज खोल देने की आज्ञा दी।

जेट्टी से बँधी हुई जहाज की मोटी रस्सियाँ और लोहे की साँकलें खोली गईं। जहाज घूमा। फिर हुगली नदी से होकर दक्षिण की ओर चला। ऊपर के पीछेवाले हिस्से में सेक्रेटरी, कुछ कर्मचारी और ऊँचे पदवाले सिपाहियों के अफ़सर बैठे। एजाज़ हुगली में बँधे हुई अँगरेज, फ्रेंच, जर्मन और अमेरिकन बड़े-बड़े जहाज देख रही थी और उनसे होनेवाले विशाल व्यापार पर अंदाजा लगा रही थी। मधुर दखिनाव के तेज झोंके लग रहे थे। दिल को कोई रह-रहकर गुदगुदा रहा था। जहाज फोर्ट विलियम किले के पास आया। किनारे लड़ाई के दो जहाज बँधे थे। इनकी बनावट दूसरी तरह की थी। रंग पानी से मिलता हुआ। एजाज़ ने चाव से इन जहाजों को देखा। एक नज़र हाईकोर्ट की विशाल इमारत पर डाली। एडेन गार्डेन की याद आई, यहाँ हवाखोरी के लिए वह बहुत आ चुकी है। यह एक शिकारगाह भी है। शाम को शहर के रईस बड़ी संख्या में आते हैं, टहलते हैं और बैण्ड सुनते हैं। जहाज तेजी से बढ़ने लगा।

राजा साहब ने घण्टी बजायी। एक बेयरा आया।

"लाल पानी," राजा साहब ने बेयरा से कहा।

बेयरा शेम्पेन की बोतल, बर्फ़, छोटा टम्बलर और पेग ट्रे पर लाकर रख गया। गुलशन, एजाज़ की बग़ल में बैठकर टम्बलर में बर्फ़ और शेम्पेन मिलाने लगी। पाचक ब्राह्मण कटलेट, चाप और कबाब चाँदी की तश्तरियों पर रख गया। कहार ट्रे पर ढक्कनदार चाँदी के गिलासों में पानी ने आया। रखकर तौलिया लेकर खड़ा रहा। गुलशन ने दो पेग भरे। एक हाथ में रखा, एक बढ़ाकर एजाज़ को दिया। एजाज़ ने पेग चूमकर राजा साहब के हाथ में दिया, फिर अपना लिया। गुडलक हुआ। दोनों पीने लगे।

प्रायः एक डजन पेग थे। ये पिया पेग एक ही बैठक में नहीं इस्तेमाल करते। गुलशन तीसरा और चौथा पेग तैयार करने लगी। पेग ख़त्म करके राजा साहब ने हाथ बढ़ाया। बेयरा ने पकड़ लिया। एजाज़ ने भी बढ़ाया।

गुलशन ने तीसरा दौर तैयार करके, चाँदी की पेग रखनेवाली रिकाब में लगाकर दोनों के बीच में रख दिया। दोनों मौसम गंगा, शिवपुर के बागीचे, हवा आदि का जिक्र करते हुए साथ-साथ नाश्ता करने लगे।

दूसरा दौर भी समाप्त हुआ; तीसरा भी हुआ। नशे का प्रभाव बढ़ने लगा। दोनों के हाथ धुला दिये गए। गिलोरी और सिगरेट की तश्तरियों को छोड़कर नौकर और कुल चीजें उठा ले गए। फिर केबिन के पास के पर्दे आड़ के लिए

खोलकर, रेलिंग के डण्डों के साथ बाँधने लगे। क़ीमती हारमोनियम लाकर रख दिया। गुलशन को छोड़कर और सब बाहर निकल गए।" कुछ सुनने की तबीयत हो रही है।" राजा साहब ने प्रेम से कहा।

एजाज़ ने गुलशन की तरफ़ देखा। गुलशन ने पीकदान बढ़ाया। पान थूककर एजाज़ ने कहा, "तेज हवा है। आवाज़ उड़ जाएगी।" कहकर हारमोनियम खोला।

"तुम्हारा गाना है, हारमोनियम हो, पियानो या सितार-इसराज, छाकर रहेगा।" राजा साहब ने सहृदय स्वर से बढ़ावा दिया। एजाज़ हिली।

पर्दे पर उँगली रखी। कहा, "मयकशी के बाद आवाज़ पर काबू नहीं रहता" कहकर स्वर निकाला। राजा साहब तद्गतेनमनसा ध्यानावस्थित हुए।

एजाज़ की मधुर आवाज़ निकली। जहाज-भर के लोग, नीचे और ऊपर के कान लगाए रहे। गाना शुरू हुआ-

"हर एक बात पे कहते हो तुम कि तू क्या है,
तुम्हीं कहो कि यह अन्दाजेगुफ्तगू क्या है?
जला है जिस्म जहाँ, दिल भी जल गया होगा,
कुरेदते हो जो अब राख जुस्तजू क्या है?
रगों में दौड़ते फिरने के हम नहीं कायल,
जब आँख ही से न टपका तो फिर लहू क्या है?"

लोगों पर सच्चा जादू चला। सभी ने दिल दे दिया, वही दिल जो हाथ से छुटकर मजबूती से हाथ पकड़ता है। छोटे-बड़े सभी उसके भक्त हो गए। कोयला-झोंकनेवाले एक झुक्की झोंककर नीचे से डेक पर चढ़ आए। श्रम को हल्का कर लिया। सोचा, वह कौन-सा स्वर है जो दिल पर अपनी पूरी-पूरी छाप लगा देता है? खड़े लोगों में क्षण-भर के लिए विषमता नहीं आई; किसी बड़प्पन के कारण या पैसा होने की वजह गायिका का कण्ठ इतना मधुर है, यह वे नहीं सोच सके? विरोध का क्षण ही मिट गया। उन पंक्तियों के लेखक महाकवि गालिब के समय से सताये हुए और गानेवाली एजाज़ समय की संस्तुत फिर भी दोनों में साम्य। यह किसी अधिकार की बात न होगी। अधिकार से वस्तु, विषय या बात इतनी सुन्दर नहीं बनती, ऐसी पूरी नहीं उतरती। यह वह अधिकार है जहाँ अधिकार ढीला है।

विलासी राजा एकटक उस सच्चे रूप और स्वर को देखते-समझते रहे। कुछ देर एजाज़ ने दम लिया। निगाह उठाई। भरा पेग उठाकर राजा साहब को दिया। खुद एक लौंग दबाई। दो कश खींचकर पीकदान में डाल दी और हारमोनियम सँभाला।

एक ठुमरी गायी-

"जाने दे मोको सुनो सजनवा,
काहे करत तुम नित नित मोसन रार,
नहीं, नहीं मानूँगी तिहार।
छेड़ करत, नहीं मानत देखो री सखि,
मेरी सुनै ना,
बिन्दा करत अब नित नित मोसन रार,
नहीं, नहीं मानूँगी तिहार।"

अभी दुपहर नहीं हुई। भैरवी का वक्त पार नहीं हुआ। श्रीश राजा साहब को गंभीर, और चलते हुए जहाज के सिवा कोई आवाज़ न आती हुई देखकर एजाज़ समझ गई-लोग कान लगाए हुए हैं। वह खुशी से भर गई।

एजाज़ ने छेड़ा-

"यामिनी न येते जागाले ना केन
बेला होल मरि लाजे।
शरमे जड़ित चरणे केमने
चलिब पथेरि माझे।

आलोक-परशे मरमे मरिया
हेर लो शेफालि पड़िछे झरिया
कोनो मते आछे पराण धरिया
कामिनी शिथिल साजे।

निबिया बांचिल निशार प्रदीप
ऊषार बातास लागि,
नयनेर शशी गगनेर कोने
लुकाय शरण मागि,

पाखी डाकि बले गेल विभावरी,
वधू चले जले लड्या गागरी,
आमिओ आकुल कवरी आवरि
केमने याइब काजे।”

रवीन्द्रनाथ का गीत; कलकत्ता का आधुनिक फैशन एजाज़ ने सच्चा अदा किया- वही उच्चारण, वही अँगरेजियत। राजा साहब पर और आधुनिक शिक्षित बंगालियों पर इसी स्कूल का सबसे अधिक प्रभाव है, रवीन्द्रनाथ के गानों में स्वर का सबसे अधिक मार्जन मिलता है। राजा साहब की आँखों के सामने गंगा के शुभ्र फेन की तरह गीत का अस्तित्व तैरने लगा।

एजाज़ ने हारमोनियम हटा दिया। एक पेग और उठाकर राजा साहब को दिया, एक खुद लिया।

शराब, बातचीत और गाने के बीच एजाज़ देखती जाती है, मटियाबुर्ज पार हुआ- शाह वाजिद अली का कारागार, तेल का केन्द्र बजबज पार हुआ, उलू-बेड़िया पार हुई, कितनी ही मिलें निकल गईं, जिनका अधिकांश मुनाफ़ा विदेशियों के हाथ जाता है। एजाज़ अँगरेज़ी जानती है, संवाद-पत्र पड़ती है, दूर निष्कर्ष तक आसानी से पहुँच जाती है, संपादक की टिप्पणी पर टिप्पणी लगा सकती है।

गुलशन राजा साहब को सिगरेट और पान देती जाती है। गाना बन्द करके एजाज़ ने सिगरेट के लिए उँगली बढ़ायी। गुलशन ने हीरे की पाइप में सिगरेट लगा दिया। एजाज़ पीने लगी।

“तुम्हारे नहाने, भोजन और आराम करने का वक्त हुआ।” राजा साहब ने कहा।

"पूजा करने की बात छोड़ दी?" एजाज़ ने बड़ी-बड़ी आँखें मिलायीं।

"वह दिल में होती रह गई।"

"उसने मिला भी दिया।"

राजा खामोश हो गए। एजाज़ ने कहा, "तुम उठो। नहाना मत। तवालिया गर्म पानी से निचोड़कर बदन पोंछवा डालो, धोती बदल दो। शराब पर नहाना।" राजा साहब उठ गए। एजाज़ बैठी हुई, नदी की शुभ्र शोभा, श्याम तटभूमि देखती रही।

पुरानी कोठी के सिपाहियों के अफसर जमादार जटाशंकर सिंहद्वार पर रहते हैं। पलटन में हवलदार थे। ब्रह्मा की लड़ाई के समय नाम कटा लिया। जवान अच्छे तगड़े। नौकरी ढूँढ़ते-ढूँढ़ते यहाँ आए। निशाना अच्छा लगाते हैं। राजा ने रख लिया। खुशामद करने में कमाल हासिल, तरक्की कर गए।

कोठी के सामने पुराना फव्वारा है। अब नहीं चलता। चारों तरफ से पक्का हौज। दीवार पर बैठे थे। मुन्ना गुज़री।

दोनों ने एक-दूसरे को देखा। मुन्ना ने छींटा जमाया, "एक घोड़ा फेर रही हूँ"

"वाह रे मेरे सवार! कौन घोड़ा?"

"एक हिन्दुस्तानी घोड़ा है।"

जमादार जटाशंकर झेंपे। गुस्सा आया। पर सँभलकर कहा, "और घोड़ी बंगाली है?" मुन्ना को भी बुरा लगा। बदलकर कहा, "जब हमसे बातचीत करो, रानी समझकर करो।"

जटाशंकर सकपका गए। क्रोध में आकर कहा, "क्या कहा?"

"कह रही हूँ, तुम्हारी नौकरी नहीं रहेगी। पहले रानीजी की सलामी दो।" तिनककर मुन्ना ने कहा।

जटाशंकर ने रानीजी की सलामी दी। फिर ताव में आए। कहा, "मैं राजा हूँ, राजा की सलामी दे।"

"तुम गँवार हो," मुन्ना ने कहा, "मैं रानी हूँ, रानी; रानी राजा को सलामी देती हैं? जवाब में चूमती हैं। तुम मुझको चूमो।"

जटाशंकर ने सोचा, 'रानी और राजा का खेल कर रही है।' प्रेम बढ़ गया। चूमने के लिए मुँह बढ़ाया कि गाल पर मुन्ना का चाँटा पड़ा। जटाशंकर चौंककर हाथ-भर उछल गया। साथ ही मुन्ना ने कहा, "रानी का तुम्हारे लिए यही जवाब होगा। रही बात राजा को सलामी देने की तुम्हें मालूम होना चाहिए कि हम सिपाही

नहीं; हम प्रणाम करते हैं।" मुन्ना ने हाथ जोड़कर प्रणाम किया कहा, "इस तरह, अब तुमसे फिर कहती हूँ, मेरे साथ रानीजी का मान है, उन्होंने दिया है, इसको अँगरेज़ों में आनर कहते हैं; राजा ने तुमको मान नहीं दिया, तुम अपनी तरफ़ से राजा का मान लेते हो। रानी का मान पहले तुमसे लिया जाएगा। हम जब आएँगे, तुम उठकर खड़े हो जाओगे और हाथ जोड़कर रानीजी की जय कहोगे। तभी हम रानीजी का आनर वहाँ चढ़ा सकेंगे।"

"कहाँ?"

"वहीं जहाँ हम काम करते हैं।"

"हम रानीजी से पूछ लें।"

"और किस रानीजी से तुम पूछोगे? रानी का मान है, यहाँ तुमको यह बतलाया जा चुका है, वहाँ तुम जाओगे, दासी से कहोगे, ख़बर भेजोगे, तुमको जवाब नहीं मिलेगा, बिना मान की रानी जवाब क्या देंगी? तुम इतना नहीं समझते, रानीजी का मान दूसरी के साथ तभी बाँधा जाता है, जब कोई उनका पानी उतारता है। जहाँ हम काम करते हैं, वहाँ की उस औरत ने रानीजी का मान घटाया है, उसका मान घटाया जाएगा। तुमसे यह भेद बतला दिया गया। अब बताओ, तुम साथ दोगे, या नहीं।"

"रानीजी के मान बढ़ाने में क्यों साथ नहीं देंगे?"

"अच्छा, अब रानीजी का मान हम रानीजी को देते हैं। अब हम हम हैं। अब हमको तुम चाहो तो चूम लो।"

जटाशंकर फिर चूमने के लिए लपके। पकड़कर चूमने लगे तो मुन्ना ने उनके होंठों के भीतर जीभ चला दी और कहा, "तुमने हमारा थूक चाटा। हमारी जात कहार की है। हम गढ़-भर में कहेंगे। तुम कौन बाँभन हो?"

जटाशंकर सूख गए। सोचा, 'यह कुल चकमा उनकी जाति मारने के लिए था।

कल से कोई पानी नहीं पिएगा।' बहुत डरे। देवता की याद आई कि उन्होंने न बचाया। सोचा, ब्रह्मा की लड़ाई में काम आ गए होते तो अच्छा होता।

मुन्ना टकटकी बाँधे हुए पं. जटाशंकर मिश्र के बदलते हुए मनोभाव देखती रही।

पण्डितजी ब्रह्मा की लड़ाई में नहीं मरे, इसलिए डरे। कहा, "तू मुझे अपना गुलाम समझ, जो कहेगी, करूंगा; थूक चाटने को कहे तो चाटूँगा, मगर किसी से कह मत।"

मुन्ना की रग-रग में घृणा भर गई। समझ गई, "यह आदमी प्रणयी नहीं हो सकता। यह धोखा देगा। इसको उतारकर रखना चाहिए।" खुलकर कहा, "तुम जब तक हमारी बात मानोगे, हम किसी से नहीं कहेंगे।"

हाथ जोड़कर जटाशंकर ने कहा, "मंजूर।"

"हमारे यहाँ" मुन्ना ने कहा, "घोड़ा घोड़ी दोनों को घोड़ा कहते हैं। उसी को हम फेर रहे हैं, यही कहा था। कारण भी समझा दिया।"

प्रसन्न होकर जटाशंकर ने कहा, "हाँ, अब समझ में आ गया।"

"तो उस घोड़ी का अपमान करने के लिए एक घोड़ा चाहिए।"

"हाँ।"

"वह घोड़ा तुम बनोगे या मैं?"

जटाशंकर फिर जगे। आँखें लाल हुई देखकर मुन्ना ने कहा, "गाल पर पड़े तमाचेवाली बात कहूँ या होंठों के अन्दर गई जीभवाली?"

जटाशंकर फिर ठण्डे हो गए।

मुन्ना ने कहा, "हम इसी तरह घोड़ा फेरते हैं, उसको भी फेरते हैं, तुमको भी। बोलो, घोड़ा बनोगे?"

"बनना ही पड़ेगा।"

"तो तीन रोज लगातार उसी तरह हाथ जोड़कर रानीजी की जय कहोगे। तीसरे दिन अन्दर के बागीचेवाले तालाब में दिन के दस बजे जब वह नहाने जाएँगी, तब... समझे?"

"अन्दर के बागीचे में मर्द के जाने की मुमानियत है।"

"तो, उसको तुम्हारे पास भेज दें?"

जमादार जटाशंकर बहुत हैरान हुए। कहा, "अच्छा, जाएँगे।"

मुन्ना ने कहा, "जमादार, तभी तुमको मालूम होगा। हम तुमको नमस्कार करते हैं, तुम्हारी सेवा करते हैं, पर तुमको खुश नहीं कर पाते, हमारे छूने से

तुम्हारी जाति मारी जाती है। तुम हमें चूमोगे, इससे कुछ नहीं होगा, पर हम तुम्हें चूमेंगे, इससे तुम्हारा धर्म जाता रहेगा। कोई चूमना ऐसा भी है, जिसमें दोनों के होंठ न मिलें? अच्छा, तुम भी ब्राह्मण हो, यह भी ब्राह्मण है; तुम इसके पास जाओगे तो तुमको मालूम होगा कि तुमसे यह और कितनी बड़ी ब्राह्मण है। उस दिन रानीजी के सामने इसका तेज देखकर दासियाँ हैरान हो गईं।"

जटाशंकर ने कहा, "अच्छा मुन्ना, मेरी स्त्री गुज़र गई है। तू मेरी स्त्री, और यही मैं तुझे समझूँगा। जा, तू गढ़-भर में कह दे कि मेरा-तेरा थूक एक हो गया।"

मुन्ना खिल गई। "यह मर्द है, जमादार, तुम मेरे मर्द। मैं कुछ समझकर तुम्हारे पास आई थी। औरत का प्यार जल्द समझ में नहीं आता। मैं भी बेवा हूँ, बेवा ही यहाँ दासी बनकर आ पाती हैं। मैं तुम्हारी दासी, तुम्हें मैं अपना ही रखूँगी। जैसा कहा है, वैसा करो; तालाब में जाओ मैं दूसरा पेच लड़ाऊँगी। तुम्हारा एक अपमान होगा; सह जाओ। इस औरत के लिए भगवान हैं। यह नेक है।

राजा राजेन्द्रप्रताप राजधानी में एजाज़ के साथ रह रहे हैं। उसी रोज आ गए। गढ़ के बाहर एक बड़े तालाब के बीच में टापू की तरह सुन्दर बंगला है। चारों तरफ़ से लोहे की मोटी-मोटी छड़ें गाड़कर पुल की तरह सुन्दर रेलिंगदार रास्ते बनाये गए हैं। तालाब के किनारे-किनारे चारों रास्तों के प्रवेश पर ड्योढ़ियाँ बनी हुई हैं, वहाँ पहरे लगते हैं। बाहर, दूर तक सुन्दर राहें दूब जमायी हुई, तरह-तरह के सीजनल और खुशबूदार फूल, क्यारियाँ, कुंज, बागीचे चमन। कटीले तारों से अहाता घिरा हुआ; तारों पर बेल चढ़ायी हुई। हवा भी सदा-बहार, हर झोंके से सुगन्ध आती हुई। तालाब का जल स्वच्छ, स्फटिक के चूर्ण की तरह। बंगले का फर्श संगमारवर का, डबल दरवाजे- एक काठ का, एक शीशेदार रेशमी परदे लगे हुए। बैठक के फर्श पर बहुमूल्य कारपेट बिछा हुआ। क़ीमती बाजे, पियानो, हारमोनियम, फलूट, क्लेरिअनेट वायलिन सितार, सुरबहार, मृदंग तबले जोड़ी आदि यथास्थान रखे हुए। बेशक़ीमत कौच, सोफे, चीनी, फूलदानी में सज्जित फूलों की मेजों के किनारे, एक-एक बग़ल लगे हुए। बीच में गद्दी बिछी हुई, गाँव लगे हुए। रात में बत्तियों का तेज प्रकाश। चाँद और तारों के साथ प्रकाश का बिम्ब पानी में चमकता चकाचौंध लगाता हुआ।

चारों तरफ़ से विशाल बरामदा हर तरफ़ की राह से एक ही प्रकार का। हर बरामदे के भीतर बैठक एक ही प्रकार की सजावट भिन्न-भिन्न। दो एजाज़ के अधिकार में हैं, दो राजा साहब के। और भी कमरे हैं। एजाज़ की बैठके रोज नए परदों से सजाई जाती हैं; सूती रेशमी मखमली झालरदारः हरे, नीले, जर्द, बसन्ती, बैंगनी, लाल गुलाबी हल्के और गहरे रंग के कभी सफेद। कोच और सोफों पर भी वैसा ही गिलाफ बदलता हुआ। फूलदानियों में उसी रंग के फूलों की अधिकता? एजाज़ के बदन पर उसी रंग के पत्थरों के जेवर। उसी रंग की साड़ी सलवार-कुर्ता या पाजामा-दुपट्टा।

राजा साहब अपनी बैठक में बैठे हुए हैं। दिलावर सिंह पहले से तैनात किया हुआ था, आया। कहा, “प्रभाकर आ गए।”

जागीरदार साहब ने कहा, "ये सब तुम्हारे तरफ़दार हैं। इनसे भी काम लिया गय है। पुलिस के जिन लोगों ने तुम लोगों को गिरफ्तार करना चाहा था, बाद को शिनाख़्त न हो पाने की वजह (तुमने दाढ़ी मुड़ा दी थी और रामफल का मुसलमानी नाम रख लिया गया था- रूप भी कैसा बनाया गया।)- थाने से उनका तबादला हो गया था इन्होंने उन्हें खोजकर निकाला और पूरी ख़बर ली। अब इन्हें छिपा रखना है। दीवार को भी पता न चले। पुलिस पकड़ना चाहती है। ये पकड़ गए तो बच न पाओगे।"

दिलावर ने नम्रता से कहा, "हुजूर का जैसा हुक्म, किया जाएगा।"

"पुराने गढ़ के पीछे ठहराओ। खुद दोमंजिले पर रहो। रसद ले जाया करो, इन्हें पकाया-खिलाया करो; रामफल को साथ रखना। दूसरा काम तुम लोगों से न लिया जाएगा। चोर-दरवाजे की ताली ले जाओ। वे जब बाहर निकलना चाहें, उसी से निकाल दिया करो रात के बारह से चार के अन्दर। जब कहे तब खोलकर भीतर ले आने को पहले से तैयार रहा करो, एक सेकण्ड की देर न हो। उनका काम न देखना, हम खुद देख लेंगे। खाना अच्छा पकाया करना, मछली-मांस भी। हमारी रसोई में दो-तीन भाजियाँ पकती हुई देख लो।"

"जो हुक्म हुजूर।"

"ऐसा करो, अगर ये भी तुमको फँसाना चाहे तो न फँसा पायें। अब तो तुम्हारी दाढ़ी बढ़ गई है। रामफल की मूँछें भी बढ़ गई होंगी। यहाँ से चलकर बहल जाओ। रामफल का मियाँवाला रूप तुम बना लो और तुम्हारा ठाकुरवाला वह। नाम भी बदल लो। उसको अपने नाम से पुकारना और उसी को ले जाने के लिए भेजना। हम कभी-कभी तुम लोगों से मिला करेंगे।

"जो हुक्म।" दिलावर ने प्रणाम किया। राजा साहब की ओर मुँह किए हुए पिछले-कदम हटा। तालाब के पश्चिमवाले रास्ते से बाहर निकलकर गढ़ की तरफ़ चला, दूसरी ड्योढ़ी से घुसकर रामफल से मिलने के लिए। प्रभाकर के साथी बाज़ार में हैं। वह ड्योढ़ी के आगन्तुक आगार में बैठा है। कभी निकलकर पान खाने के लिए बाहर चला जाता है। पैनी नजर से इधर-उधर देख लेता है।

राज्य की क्रिया का ढंग सब स्थानों में एक-सा है। सब जगह एक ही प्रकार के नारकीय नाटक, षड्यन्त्र, अत्याचार किए जाते हैं। सब जगह रैयत की नाक में दम रहता है। चारे का प्रबन्ध ही सत्यानाश का कारण बनता है। अत्याचार से

बचने की पुकार ही अत्याचार को न्योता भेजती है। जमींदार हो, तअल्लुकेदार; राजा हो या महाराज, कृपा कभी अकारण नहीं करता। जिस कारण से करता है, वह इसकी जड़ मजबूत करने के लिए, मुनाफे की निगाह से, दूने से बढ़ी हुई होनी चाहिए। उसका कोप भी साधारण उत्पात या प्रतिकार के जवाब में असाधारण परिणाम तक पहुँचता है। सारे राज्य में उसके ख़ास आदमियों का जाल फैला रहता है। वह और उसके कर्मचारी प्रायः दुश्चरित्र होते हैं, लोभी, निकम्मे, दगाबाज। फैले हुए आदमी प्रजाजनों की सुन्दरी बहू-बेटियों, विरोधी कार्रवाइयों संघटनों और पुलिस की मदद से जमींदार के आदमियों पर किए गए अत्याचारों की ख़बर देनेवाले होते हैं। निर्दोष युवतियों की इज्जत जाती है, रिश्वत में रुपये लिए जाते हैं, काम में आराम चलता है, वचन देकर रैयत से पीठ फेर ली जाती है, बहाना बना लिया जाता है। पुलिस भी साथ ली जाती है। कभी चढ़ा-ऊपरी की प्रगति में दोनों अपने-अपने हथियारों के प्रयोग करते रहते हैं।

किसी गाँव में मुसलमानों की संख्या है। त्योहार है। गोकुशी वर्जित है; पर बकरा महँगा पड़ा, गोकुशी की ताल हुई। आदमी से ख़बर मिली। एक रोज पहले, रात को पचास आदमी भेज दिये गए। कुछ मुखियों को उन्होंने मार गिराया।

कोई बड़ा मालगुजार है। किसी कारण पटरी न बैठी, लड़ा गया। ताका जाने लगा। शाम को उसकी लड़की तालाब के लिए निकली। अँधेरे में पकड़कर खेत में ले जायी गई या दूसरे मददगार के ख़ाली कमरे में कैद कर रखी गई। दूसरे दूसरे आदमी दाढ़ी लगाकर या मूँछे मुड़वाकर चढ़ा दिये गए-ज़्यादातर मुसलमानी चेहरे से। उन्होंने कुकर्म किया। उसके फोटो लिए गए। तीन-चार रोज बाद लड़की घर के पास छोड़ दी गई। एक फोटो आदमी के गाँव में, दूसरी थाने में डाक से भेजवा दी गई। नाम अण्टशण्ट लिख दिये गए- चढ़नेवालों के; लड़की के बाप का सही नाम। गाँव और पुलिस की निगाह में दोनों गिर गए। गाँव का भी आदमी पुलिस का, उसके पास दूसरी तस्वीर, पुलिस के पास दूसरी। बाप से पूछा जाने लगा। उस पर घड़ों पानी पड़ा। गाँववालों ने खान-पान छोड़ दिया।

किसी प्रजा ने ख़िलाफ़ गवाही दी। उसका घर सीर के नक्शे में आ जाता है। कभी उसके खानदानवाले पास की ज़मीन बटाई में लिए हुए थे। गुमाश्ते को कुछ रुपये देकर एक हिस्सा दबाकर घर बना लिया था। इस फेल का उलटा नतीजा हुआ। रात-ही-रात सैकड़ों आदमी लगा दिये गए। घर ढहा दिया। लकड़ी, बाँस, पैरा उठा ले गए। गोड़कर घर की जगह गड्ढा बना दिया। नक्शे में वह जगह सीर में है।

किसी ने लगान नहीं दिया। वह ग़रीब है। विश्वास दिलाकर बुलाया गया कि सरकार से अपना दुख रोये। आने पर अँधेरी कोठरी में ले जाया गया। वहाँ ऐसी मार पड़ी कि उसका दम निकल गया। लाश उठाकर पुराने तालाब के दलदल में गाड़ दी गई। गाँव के गुमाश्ते ने कुबूल ही न किया वह गढ़ में ले जाया गया था। कुछ लोग ऐसे भी निकले जो पिटते समय उसको बाजार में उलटे कई कोस के फ़ासले पा देखा था।

बच-बचकर पुलिस से भी झपाटे चलते हैं। थानेदार ने इंस्पेक्टर और डी. एस. पी. आदि की मदद से प्रजाजनों को किसी मामले में ख़िलाफ़ खड़ा किया, खूब दाँव-पेच लड़े; राजा का पाया कमजोर पड़ा, समझौते की बातचीत हुई, रिश्वत की लम्बी रकम माँगी गई, एक उचित ठहराव हुआ। काँटा निकाल फेंका गया। पर दिल की लगी खटकती रही। दूसरा मामला उठा। थानेदार फाँस दिये गए। बलात्कार साबित हुआ। एस. पी. और डी. एस. पी की सिफ़ारिश बदनामी के डर से न पहुँच सकी। तहक़ीक़ात का अच्छा नतीजा न निकला। थानेदार को सजा हो गई। नौकरी से हाथ धोना पड़ा।

गरमी निकालने के लिए डी. एस. पी. या एस. पी. ने बुलाया। राजा ने मुख्तारआम या मैनेजर को भेज दिया। कमजोरी से कभी बात न दबी डी. एस. पी. ने पूछा, "राजा नहीं आए।" मुख्तारआम ने कहा, "इजलास में तो मैं ही हुजूर के सामने हाज़िर होता हूँ." या मैनेजर ने कहा, "आपकी सेवा के लिए हम लोग तो हैं ही।" उस दफे ख़ामोशी रही। दोबारा बदला चुकाया गया। पहले कुछ प्रजाओं की दस्तखतशुदा शिकायतें की गईं। ऊँचे कर्मचारियों को दिखाया गया। कहा गया कि राजा पर सरकार का शासन नहीं, थान में थोड़े लोग रहते हैं, राजा के लोग उनको डरवाये रहते हैं, राजा बदचलन है, रैयत की इज्जत बिगाड़ता है, पुलिस की सच्ची तहकीकात नहीं होने देता, पुलिस को अधिकार के साथ काम करने दिया जाए तो रास्ते पर आ जाए। हुक्म लेकर दरबार का चकमा दिया गया। राजा गए। पर दरबार से शिकायत करनेवाले लोगों की ही शिरकत रही। राजा को कुर्सी भी न दी गई। लाट साहब से शिरकत करनेवाले डी. एस. पी. भी खड़े रहे। लिखी शिकायतों के आधार पर कुछ भला-बुरा कहा, कुछ नसीहत दी। डी. एस. पी. साहब की तारीफ़ करते रहे। जिन शिकायतों का आधार लिया गया था, उनमें राजा का हाथ न था, फलतः चेहरे पर सियाही न फिरी, कलेजा न धड़का।

दरबार समाप्त हो जाने पर उन्होंने लाट साहब को लिखा कि दरबार के नाम

पर उनके साथ डी. एस. पी. ने ऐसा ऐसा बर्ताव किया, वहाँ कुछ प्रजाजन थे, वे उन्हें पहचानते नहीं- किनके थे, कौन थे। उनके आदमी घुसने नहीं दिये गए। जो बातें डी. एस. पी. ने कहीं, उनका तात्पर्य वह नहीं समझे। वे ऐसी-ऐसी बातें थीं। पुलिस में नौकर होनेवाले ये साधारण लोग रिश्वत लेकर देश को उजाड़े दे रहे हैं। इसका व्यक्तिगत सम्बन्ध ही है। पुलिस के दाँत यहाँ तक डूबे हुए हैं कि नियत आमदनीवाली प्रजा झूठे मामले में रिश्वत देकर राजस्व नहीं दे पाती। यह एक-दो की संख्या में नहीं, सैकड़ों की संख्या में, जमींदारों के 25 थानों में प्रतिमास होता है। नतीजा यह हुआ है कि जाल में फँसायी गई प्रजा रिश्वत से पैर छुड़ाकर फिर राजस्व नहीं दे पाती। यह प्रक्रिया उत्तरोत्तर बढ़ रही है। जमींदार को राजस्व न मिलने पर वह क़र्ज लेकर सरकार को देगा या न दे पाएगा। इस परिणाम से भी उन्हें गुजरना पड़ा है। सरकार से इसका प्रतिकार होना चाहिए।

जब इस मामले को लेकर राजा राजेन्द्रप्रताप कलकत्ता थे, डी. एस. पी. की बुरी हालत कर दी गई। वह हिन्दू थे। हिन्दू-मुस्लिम-समस्या से दिलचस्पी रखते थे। इसी समय एक आदमी गया। मुसलमानों के गाँव, शमशेरपुर में रहा। बातचीत की। मुसलमानों को उनका स्वार्थ समझाया। कहा वह उनका अपना आदमी है। उन्हें गोकुशी नहीं करने दी जाती, यह उन पर ज़्यादती की जाती है। जिले के वकील नूर मुहम्मद साहब का नाम लेकर कहा, काम पड़ने पर वह बगैर मेहनताना लिए हुए लड़ेंगे। फिर कलकत्ते के इमाम साहब का नाम लिया, कहा कि उनका हुक्म है, मुसलमान अपने हक़ से बाज न आए। एटर्नी अब्दुल हक़ का नाम लेकर कहा, वह हाईकोर्ट में मुफ़्त लड़ेंगे और हिन्दोस्तान-भर में यह आग लगेगी। वे सिर्फ़ एक दरख्वास्त दे दें कि बकरीद को वे गोकुशी करेंगे, उन्हें इजाजत मिले। सरकार को इजाजत देनी पड़ेगी। अगर हिन्दू होने की वजह से डी. एस. पी. मदद न करें तो उसको इसका मजा चखा दो। थोड़ी-सी मदद हम भी दूसरे मौजे के भाइयों को भेजकर करेंगे। रात के वक्त बदला चुकाना। पीछे कदम न पड़े।

फिर वह सज्जन कस्बे में आए। वहाँ दाढ़ी-मूँछे मुड़ायीं। फिर डी. एस. पी. साहब से मिले। कहा, अधिकारियों के कर्मचारी हैं। पास के अधिकारी अच्छे जमींदार हैं। ख़ास बात के बहाने एकान्त निकालकर कहा, “अधिकारी हुजूर की सेवा करते आ रहे हैं। अबके शमशेरपुर में बड़ा जोश है। बकरीद को गोकुशी होनेवाली है। मुसलमान चिल्ला-चिल्लाकर कहते हैं, गोकुशी करेंगे और हुजूर के

सामने करेंगे। हिन्दुओं के धार्मिक प्राणों को दुःख होता है। माँ, मझले बाबू की बहू उन्हीं के पास नक्द ज़्यादा है, बहुत दुखी हैं। जब से सुना है, पानी एक घूँट नहीं पिया।" कहकर आँखों में आँसू आने लगे। मुझे घर बुलाकर कहा, "रामचरण तुम हुज़ूर के कचहरी में जाओ; हम लोगों का कौन-सा अपराध है कि ऐसा होनेवाला है? ऐसा तो कभी नहीं हुआ। हुज़ूर हिन्दू हैं। हुज़ूर के रहते..."

"सुनो, तुम्हारा क्या नाम है?" साहब दुचित्ते थे, सजग होकर पूछा।

"रामचरण, हुज़ूर!"

"रामचरण कौन?"

"रामचरण अधिकारी, हुज़ूर! हम सब एक ही हैं।"

"तुम हमारे आदमी हो?"

"हुज़ूर, मैं हुज़ूर के गुलाम का गुलाम।"

"तुम्हारी मालिका को बहुत डर है?"

"हुज़ूर, अन्न-पानी छोड़ रखा है।"

"तो अबके शमशेरपुर के मुसलमान गोकुशी नहीं कर पायेंगे। पर..."

डी. एस. पी ग़रीब घर के हैं। पढ़ने में प्रतिभाशाली थे। आर्थिक कष्टों से छुटपन से लड़ रहे हैं। कान के पास मुँह ले जाकर कहा, "हम देखेंगे, तुम्हारी मालकिन कितना ख़र्च कर सकती हैं।"

"हुज़ूर, बहुत।"

डी एस. पी. ने सोचा, साँप भी मर जाएगा, लाठी भी न टूटेगी। अभी उनको गोकुशी की कोई सूचना न मिली थी। कहा, "अच्छा, परसों मिलना।"

रामचरण ने कहा, "हुज़ूर, उसी गाँव में मिलूँगा। देखें मुसलमान, हिन्दुओं में दम है या नहीं। है! मालकिन का अन्न-जल छूटा हुआ है। पहले हुज़ूर के इकबाल से खिलाऊँ-पिलाऊँ।"

"तो कितना?"

"हुज़ूर कुछ अंदाजा?"

"पाँच-"

रामचरण ने झुककर सलाम किया। "वहीं कैम्प में हुज़ूर के सामने-" कहकर

चला।

"पाँच है- समझे?"

"हुजूर, खिलाना-पिलाना है पक्का रहा।" कहकर रामचरण सलाम करके भगा।

दो-तीन दिन में डी. एस. पी समझे, रामचरण की बात सही थी। बकरीद के दिन आ गए। गोकुशी रोकी। जोश बढ़ा। रामचरण से मिलने की आशा से थानेदार और सिपाहियों को घटनास्थल पर बढ़ा दिया। इधर दुर्घटना हो गई। उनकी एक ज्ञानेन्द्रिय विकृत कर दी गई। यह सब राजा के कर्मचारी और सिपाहियों का काम था, पर कुछ पता न चला। पुलिस बहुत लज्जित हुई। बात जिले भर में फैली। डी. एस. पी की नौकरी गई।

10

पहले दिन। मुन्ना ने सिपाही की आँख बचाकर जमादार को आने की सूचना दी और आड़ में जहाँ बातचीत की थी, रास्ता छोड़कर उसी तरफ़ चली। जमादार ड्योढ़ी में कुर्सी पर बैठे थे। सिपाही खजाने के पास पहरे पर खड़ा था। सुबह का वक्त। सूरज की मीठी किरनें शबनम के फर्श पर जोत का समन्दर लहरा रही थी। नीचे से पत्तियों की हरियाली अपना रंग उभारती हुई। रंगीन फूल झूमते हुए, मुन्ना सूरज की तरफ रुख़ किए हुए खड़ी रही। जमादार गए, हाथ जोड़कर कहा, 'रानीजी जय हो।'

मुस्कराती हुई मुन्ना चल दी। पहले पहरेदार को पार किया. दूसरे को किया, तीसरे को देखकर रुकी। दूसरी मंजिल पर, वहाँ एकान्त था। पहरेदार भी खासा पट्टा, पठान। नाम भी रुस्तम। यह पहरा बुआ के वास के पास लगता था। कुछ आगे पिछवाड़ेवाला जीना, हमेशा थोड़ा प्रकाश। अन्दर महल की कितनी ही दालानें, दूसरे-दूसरे महलों से, उस जीने की तरफ़ गई थीं। मुन्ना रुस्तम के सामने खड़ी हो गई। रुस्तम कुछ देर तक खड़ा हुआ देखता रहा। फिर पूछा, "क्या है?"

"तुम्हारा नाम क्या है?" मुन्ना ने पूछा।

"रुस्तम।"

"मैं रानीजी के पास से आती हूँ, तुम्हें मालूम है?"

"हाँ।"

"तुम तरक्की चाहते हो?"

"इसी के लिए नौकरी करता हूँ।"

"मेरी बात मानो, रानीजी का काम करो। कौन-सी तरक्की चाहते हो?"

"जमादारी।"

"बाद को मालूम होगा। यह बात किसी से कहना मत। कहो, नहीं कहूँगा।

"नहीं कहूँगा।"

"यह जमादार कैसा आदमी है?"

"अच्छा।"

"अच्छा आदमी है, तो क्या जमादारी करोगे? कहो, बुरा है।"

"हमारा अफ़सर।

"तुमको जगह अफ़सर की कहाँ से मिलेगी? इसी आदमी की जगह तुमको दी जाएगी। समझकर कहो, चाहिए या नहीं?"

"चाहिए।" आवाज़ गिर गई।

मुन्ना एक कदम बढ़ी। कहा, "कहो, रानीजी से कुछ बातें कही जाएँ।"

खुश होकर रुस्तम ने कहा, "रानीजी से कुछ बातें कही जाएँ।"

"अच्छा, तलवार निकालकर कसम खाओ, कहो, हम रानीजी का साथ देंगे"

रुस्तम तन गया। तलवार निकालकर कसम खायी।

मुन्ना ने कहा, "तलवार हमें दे दो।"

इधर-उधर देखकर रुस्तम ने तलवार दे दी।

मुन्ना ने तलवार लेकर सलामी दी। कहा, "यह जमादार के साथ रानी और राजा की सलामी है। अब तुम जमादार से छुट गए। कहो, हाँ।"

"हाँ।"

"यह लो अपनी तलवार।" रुस्तम को तलवार दे दी। कहा, "जैसी जमादार को सलामी मैंने दी वैसी मुझे रानी कहकर तुम दो।

रुस्तम ने वैसा ही किया। मुन्ना ने कहा, "तुम पास हो गए। याद रहे अब कल काम की बात बतलाऊँगी और परसों काला चोर पकड़ाऊँगी। मुझे रानी समझना। जब जिसको रानी समझने के लिए कहूँ समझोगे। बाद को देखोगे, तुम्हारी मुराद पूरी हो गई। मतलब गठ गया।"

रुस्तम खुश हो गया। मुन्ना बुआ के कमरे में गई।

बुआ बैठी थीं, मुन्ना सामने खड़ी हुई। कहा, "खड़ी हो जाओ।" बुआ बैठी रहीं।

मुन्ना ने कहा, "खड़ी हो जा।"

बुआ के आँसू आ गए, खड़ी हो गईं। मुन्ना ने कहा, "इधर आओ।"

बुआ चलीं, मुन्ना बरामदे की तरफ़ बढ़ी। पहुँचकर कहा, "मैं जो पहले थी, अब वह नहीं। अब तुम्हारे लिए पहले मैं रानी हूँ। फिर तुम्हारा काम करनेवाली। पर काम मैं दरअसल रानीजी का करती हूँ। बात तुम्हारी समझ में आई?"

बुआ सहमीं। आँखें फाड़कर मुन्ना को देखने लगीं।

मुन्ना ने कहा, "हाथ जोड़कर हमको नमस्कार करो।"

बुआ की त्योरियाँ चढ़ीं। मुन्ना ने कहा, "नमस्कार करो, नहीं तो सिपाही बुलाऊँगी।"

बुआ ने कहा, "हमारे भतीजे को बुला दो। हम घर चले जाएँगे।"

मुन्ना ने मुस्कराकर कहा, "तुम्हारा भतीजा राजा का दामाद है, अपनी स्त्री से सुन चुका है। समझ गया है, राजा का क्या सम्मान है। गाँठ बाँधो, वह तुमसे नहीं मिल सकता। जाना चाहती हो तो तभी जा पाओगी जब रानी को सम्मान मिल जाएगा। तुमने सिखाने पर भी बात नहीं मानी। दासी का तुमने अपमान कराया, तुमको नहीं मालूम। हाथ जोड़, हम रानी हैं।"

बुआ फिर भी खामोश रहीं। मुन्ना ने कहा, "यह काम हम तुमसे ले लेंगे। हाथ जोड़ो, नहीं तो सिपाही बुलायेंगे। वह जबरदस्ती जोड़ायेगा।"

बुआ ने हथेलियाँ जोड़ी।

मुन्ना ने कहा, "सिर से लगाओ।"

बुआ ने सिर से लगायीं।

मुन्ना ने कहा, "दो दफ़े और।"

बुआ ने दो दफ़े और प्रणाम किया और वहीं गिर गईं।

मुन्ना दासी का काम करने लगी। पानी ले आई, मुँह में छींटे लगाए, फिर पंखा झलती रही। एक अरसे के बाद बुआ होश में आईं। लाज और नफ़रत से आँखें न मिला सकीं। मुन्ना ने कहा, "तुम्हारी मौसी को समझाया जा चुका है, वे बैठी हैं। तुम इतना समझो कि तुम्हारी निगाह में हम जितने छोटे हैं, रानी की निगाह में तुम और छोटी हो। जब तक राह पर नहीं आतीं रानी तुम्हारा पीछा नहीं छोड़ेगी। कहो, रानी जैसा-जैसा कहेंगी, करना मंजूर?"

बेदम होकर बुआ ने कहा, “मंजूर है।”

“तुमको तीन रोज तक इसी तरह प्रणाम करना होगा। अगर इन्कार किया तो सख्ती होगी।”

लाचार होकर बुआ ने स्वीकार किया।

मुन्ना ने कहा, “दूसरे दिन तुमको सखी की तरह बागीचा दिखाने ले जाएँगे। तुमने देखा है, पर तुमको बागीचे के पेड़ों के नाम नहीं मालूम। बाद को एक साथ नहायेंगे। तीसरे दिन क्या होगा, यह तुमसे बागीचे में कहेंगे। जब हमारी तुम्हारी पटरी बैठ जाएगी, तभी तुम्हें मालूम होगा, असलीयत क्या है। तुम्हारी दासी अब चुन्नी है। वह आती होगी।”

11

दिलावर रामफल के पास गया। अपने जीवन से उसको बड़ी ग्लानि हुई। बचाव नहीं। नसों में जैसे देह, वह दुनिया के जाल से बँधा हुआ है और सिर्फ़ दस रूपये महीने के लिए। जान की बाजी लगाए फिर रहा है। कहीं से छुटकारा नहीं। जहाँ तक निगाह जाती है, यही जाल बिछा हुआ है। लुभानेवाली जितनी चीजें हैं, सभी खून से रँगी हुई।

जितने सिपाही हैं, सबके जोड़े मिलाये हुए। बाहरवाले नहीं पहचान सकते। एक तरह के तीन-चार भी। उन्हीं की तरह यह इमारत जमींदारी, हीरे मोती, जवाहरात, चमक-दमक, रूप-रंग-कुल बनावटी। इनकी असली सूरत कुछ और है। यह स्वर्ग दिखता हुआ दृश्य नरक है। ये राजे-महाराजे राक्षस। ये देवी-देवता पत्थर के काठ के, मिट्टी के।

रामफल बैठा हुआ था। दिलावर ने कहा, "चलो बदलो।"

"कैसे? क्या बात है?" जितना ही विश्वास करके रामफल ने देखा, उतनी ही अविश्वासवाली जहरीली ज्योति आँखों से निकली।

"अब तुम-हम, हम-तुम। हमारी जैसी दाढ़ी रखो। चलो, देवता आए हैं, कोई साधु हैं, ले आना है, दामाद की तरह रखना है। खास राजा की बात है, दीवार भी न सुने। वह भी उस काल-कोठरी में कभी-कभी दर्शन देंगे। जल्द चलो।"

"क्या बात है?"

"चल जल्द। बात तो दुनिया भर की जानता है।"

रामफल उठा। दोनों राजा की ओर से रखे गए सिपाहियों के नाई की ओर चले। नाई फुर्सत में था। कहा, "पालागो, रामफल महाराज, राम-राम दिलावर साहब।" रामफल ने आशीर्वाद दिया। दिलावर ने राम-राम की।

रामफल ने कहा, "दाढ़ी बहुत बढ़ गई है, खुजला रही है, इसके बराबर कर दो, मुंडे भी। किनारे छाँट दो।"

"वाह, महाराज", नाई ने कहा, "हम समझे, आप शौक बुझाते हुए पितरों को भूल गए। लेकिन परमात्मा की कृपा है। बैठ जाइए। धन्य हूँ मैं।"

रामफल बैठे। नाई ने दिलावर की जैसी दाढ़ी-मूंछें बना दी। फिर दिलावर से पूछा, "आपका साहब, कौन-सा फैशन होगा? आजकल तो कर्जन फैशन की चाल है।"

"वह, काम पूरा होने पर, सराध में जैसे। इसने काम अधूरा छोड़ रखा है। इसकी जैसी थी, वैसी ही बना दो। अभी दाढ़ी के बाल कुछ छोटे हैं, खैर नोकदार बना दो। नाक के नीचेवाले बाल सफाचट कर दो।

नाई गंभीर हो गया। दिलावर बैठे। रामफल तल्लीन होकर शीशा देखते रहे।

बाल बन जाने पर दोनों तालाब में स्नान करने गए। दिलावर ने लुंगी पहनी। दोनों चले। बाहर के फाटक पर प्रभाकर बैठा हुआ ऊब रहा था। दिलावर ने रामफल को दिखाया कहा, आप हैं। रास्ते में उसने अच्छी तरह समझा दिया था।

उसकी बात प्रभाकर ने नहीं सुनी। दिलावर के रूप में रामफल को देखकर उसको धुकचा लगा। पर उसको अपने काम से काम था। दिलावर ने कह दिया था कि उसी का नाम बतलाएगा।

रामफल ने प्रभाकर को बाहर बुलाया। कहा, "चलिए, आप लोगों को दूकान में अच्छी तरह भोजन करा दें। रात को ले चलेंगे। अभी रास्ता साफ़ नहीं है। वहाँ आप लोगों की जगह दुरुस्त की जाएगी। बैठने-लेटने के पलंग बिस्तर मशहरी, मेज़-कुर्सी आदि लाने-लगाने पड़ेंगे। तब तक चलिए, बाज़ार की सैर कीजिए।"

"तुम्हारा नाम क्या है?"

"हमारा नाम है दिलावर।"

बाज़ार में राजा की ही व्यवस्था थी। सामान वहीं रखा था। आदमी इधर-उधर टहलते थे। प्रभाकर को देखकर सब इकट्ठे हो गए।

एक दर्जी ने पूछा, "सिपाहीजी, आप कौन हैं?"

दिलावर ने कहा, "उस्ताद हैं, जैसे आप खलीफ़ा।"

"गवैये हैं?" एक दूसरे ने पूछा।

"हाँ, नचनिये भी हैं, आजकल तो तबले का बोलबाला है। वह आ गई है न? बिरादरों की आसदरफ्त हो चली है। रात को ठनकेगा।"

खलीफ़ा झेंपे। पर बड़ों का प्रभाव रखते थे, खामोशी से रख लिया।

दिलावर, प्रभाकर और उसके साथियों को लेकर एक दूकान में गया। इच्छानुसार भोजन कराया। जिस घर में सामान था; वहाँ विश्राम के लिए ले जाकर पूछा, "बाबू आपका कौन-कौन-सा सामान है, हमें दिखा दीजिए। हम वक्त पर उठवा ले जाएँगे।"

दूसरे कमरे में सामान बन्द था। ताली जिसके पास थी, वह आदमी बाहर था। प्रभाकर जानता था। कहा, "सामान की कोई चिन्ता नहीं, जब चलेंगे, सामान भी लिवाते नेचलेंगे।"

दिलावर-नामधारी को टोह न मिली कि कैसा आदमी है, कैसा सामान है।

12

दूसरे दिन। जमादार जटाशंकर कुर्सी पर बैठे तम्बाकू मल रहे थे। रुस्तम पहरा में बदलने के लिए आया। जमादार को उसने देखा, पर मुँह फेरकर चल दिया, सलामी नहीं दी।

जमादार ने पुकारा, "रुस्तम!"

रुस्तम का कलेजा धड़का। पर हिम्मत बाँधी और खड़ा हो गया।

"रुस्तम, क्या गलती की?" जमादार ने गंभीर होकर पूछा।

रूस्तम का पारा चढ़ गया। गुस्से से कहा, "हम इसका जवाब देंगे इसी कुर्सी पर बैठकर।" यह कहकर रुस्तम चला।

जमादार ने खजाने के सिपाही से कहा, "इसको पकड़ लो।"

तलवार निकालकर खजाने का सिपाही बढ़ा। रुस्तम को वैसे किसी ने बाँध लिया। जमादार ने कहा, "तुम कितना बड़ा कसूर कर रहे हो, तुम्हारी समझ में आ रहा है। अभी मुआफी है। फिर उधर नहीं, इधर से निकल जाना होगा और हमेशा के लिए।"

रुस्तम के जी में आ रहा था, भगकर मालखाने के पहरे पर चला जाए और दो रोज किसी तरह गुजार दे लेकिन पैर नहीं उठ रहे थे।

जमादार ने कहा, "इधर आओ।"

रुस्तम ने देखा, कदम जमादार की ही तरफ़ उठ रहा है, दूसरी तरफ़ नहीं। वह चला। जमादार अपनी कोठरी में गए। रुस्तम भी पीछे-पीछे।

"जमादार, मुसलमान हूँ, लेकिन पैर पकड़ता हूँ। मैं ऐसा आदमी नहीं था। मुझसे छल किया गया।"

"किसने किया?"

रुस्तम की जबान बन्द हो गई। होंठों पर उँगली रखकर इशारे से समझाया कि बोल नहीं फूट रहा।

जमादार ने कहा, "अच्छा, लो राजा को और बोलो।"

रुस्तम से जैसे कहा पड़ा। एक चीख़ निकली।

जमादार ने कहा, "अच्छा, तुम ख़ज़ाने के पहरे में रहो, ख़ज़ाने का पहरा हम मालखाने मेज देंगे।"

"जमादार, खाना-खराब न करो। हमारी तरक्की होने वाली है।"

"कैसी?"

"हमको जमादारी मिलेगी।"

"अरे बेवकूफ़, तेरी नौकरी जाएगी।"

रुस्तम घबराया। जमादार ने कहा, "जब तुम्हारी तरक्की होगी, सिफ़ारिश हम करेंगे, तरक्की राजा देंगे।"

"रानीजी देने वाली हैं, उनका एक काम करना है।"

"रानीजी किसी राज-काज में दस्तन्दाजी कर सकती हैं? राज्य की मुहर पर

उनका नाम भी?

रुस्तम को मालूम हुआ, वह नौकरी भी गई। कहा, "जमादार, गरीब आदमी हूँ, पेट से न मारिएगा।"

"कुल बातें बता दो। किसने तुमसे कहा?"

मुन्ना के स्मरणमात्र से रुस्तम के सिर पर माया जाल छा गया। फिर न बोल सका, जैसे उसकी सत्ता ही गायब हो गई।

जमादार ने पूछा, "कुछ इशारा?"

"और... हर दिन..."

"अच्छा, तुम अपने पहरे पर जाओ, तुमको कुछ नहीं होगा अगर तुम सिपाही रहोगे।"

थोड़ी देर बाद मुन्ना आई। जटाशंकर का जी मरोड़ खाकर रह गया। मुन्ना को उसी किनारे देखकर उठे, गए और हाथ जोड़कर प्रणाम किया।

"जमादार, कभी मत भूलिए कि मुन्ना छिनी है, यहाँ रानी हैं। बातें जाती हैं। हम भी भला-बुरा करते-कराते हैं। राजा रहेंगे तो रानी भी रहेंगी, नहीं तो

रण्डी रहेगी। जो रानी का सम्मान रण्डी को दिलाता है, वह राजा नहीं, भँडुवा है। तुम्हारी स्त्री रानी में हैं, रण्डी में नहीं। वहाँ जाओगे, तो रण्डी को राज दोगे। राजा अब राजा नहीं क्योंकि उसकी रानी कहाँ हैं?"

जमादार को अक्षर-अक्षर सत्य जान पड़ा। पर घबराये कि राजा की तौहीन हुई। सोचा, रुस्तम इससे कह आया। कहा, "क्या यह चला गया?"

"वह कौन?" मुन्ना ने डाँटकर पूछा।

जमादार सहम गए। उस पर उनका सम्मान न चढ़ा। मुन्ना समझ गई कि उसका म आनर पकड़ा गया। चलने को हुई तो मालूम हुआ, जमादार से जुड़ गई है। कहा, "राजा से पूछ सकते हो कि रण्डी को रानी का सम्मान क्यों दिया जाता है? हम कह चुके कि रानी का मान छिना है। यह मान रानी का आदमी छीनेगा तभी रानी रानी है। फिर दूसरा सँवारेगा। जब ऐसा होगा, रानी के तरफ़दार रानी को मान देते फिरेंगे। अब बर वह रानी का आदमी है, इसलिए राजा का भी है। तुम्हारा सम्मान रानी के आदमी ने नहीं किया, मैंने किया। तुम कल वचन दे चुके थे, आज पाल न सके। हमने कह दिया था, थोड़ा-सा अपमान सह जाओ; पर तुम नहीं मान सके। तुम मर्द नहीं, इतर हो। तुमने हमारा आदमी बिगाड़ दिया। हम तुमसे, पूछते हैं, रानी का अपमान तुम करोगे। तुमने देखा है रानी को? बोलो, नहीं तो ठोंकती हूँ अभी लौटकर। तुमसे कहा कि तुम दर्ज हो गए। रानी की डायरी में तुम लिख गए कि रानी का अपमान किया। आज तुम राजा से कहोगे तो क्या होगा? हम कल लिखा चुके।"

जमादार का थूक सूख गया। कहा, "हमसे ख़ता हुई।"

"यह बताओ, इस रण्डी को देखा है या नहीं।"

"देखा है।"

"सलामी दी?"

"हाँ, दी।"

"वह किसकी सलामी है?"

"रानीजी की।"

"यह रानी है?"

"नहीं।"

"तुम इस राजा के बच्चे से पूछ सकते हो कि रानी की सलामी इसको क्यों दो जाती है?"

जमादार चुप रहे।

"यही तलवार राजा को मारने के काम में खोल सकते हो?" ?"

"नहीं।"

"लेकिन कोई अगर उस पर चढ़ जाए और राजा कहे...?"

"रानी पर?"

"जिसके पास हम रहते हैं, यहाँ नहीं, वहाँ।"

जमादार का सिर झुक गया।

"इसी को मान कहते हैं। यह मान मर्द ने छीन लिया है। यह सिपाही जो मान देता है, वही मान उस सिपाही को दो और अपनी ड्योढ़ी पर; नहीं तो समझ जा कुल बातों के साथ पहले ही पेश किए जाओगे।"

जमादार का सिर न उठा। मुन्ना ने फिर कहा, "बोलो, क्या मंजूर है?"

"ड्योढ़ी पर एक दूसरा सिपाही भी रहता है, वह देखेगा।"

"हर सिपाही से तुम्हारी तौहीन करायी जाएगी, जूते लगाए जाएँगे और निकालकर बाहर कर दिये जाओगे।"।"

जमादार के आँसू आ गए। कहा, "मंजूर है।"

मुन्ना चली, पीछे-पीछे जमादार। समझ गए कि खिड़की के रास्ते निकलकर रुस्तम इससे कह आया। भेद खुल जाने पर क्या होगा, सोचकर घबराये। चारा न था। चारों तरफ से गसे हुए थे। ड्योढ़ी पर मुन्ना खड़ी हो गई। कहा, खड़े रहो।

सिपाही अपने जमादार की बेइज्जती देखकर हुक्म पाने के लिए देखता रह गया। मुन्ना ने सिपाही से पूछा, "यह कौन है?"

सिपाही जैसे बीच से टूट गया। तलवार की मूठ के लिए हाथ बढ़ाया, पर हाथ बँध गया। मुन्ना ने डाँटकर पूछा, "यह कौन है?"

सिपाही ने कहना चाहा, 'जमादार' पर जीभ ऐंठ गई। मुन्ना ने कहा, "रानीजी की सलामी लाओ।"

जमादार ने हाथ का इशारा किया। सिपाही ने तलवार निकालकर रानीजी की सलामी दी। सिपाही को मालूम हुआ, एक नया जोश उसमें भर गया।

मुन्ना ने कहा, “यह बदमाश है। इसने रानीजी की तौहीन की।”

सिपाही क्रोध से जमादार को देखने लगा।

मुन्ना ने कहा, “सिपाही, कुछ मत बोलो, रानीजी मुआफ़ करना भी जानती हैं। अभी देखो और समझो।”

मुन्ना मालखाने में रुस्तम के पास गई। कहा, “तुम्हारी तौहीन हुई इसलिए आज ही तुम जमादार बनाये जाओगे। अपनी वर्दी उतारो।” सिपाही ने उतार दी। मुन्ना ने वर्दी पहनी। कहा, “चलो।” सिपाही डरा। पर हिम्मत बाँधकर चला। दोनों नीचे ख़ज़ाने के पहरे पर आए। मुन्ना को देखकर सिपाही और जमादार दोनों घबराये जैसे राज्य उलट गया हो। मुन्ना ने तलवार को सलामी दी, कहा, “यह रानीजी की सलामी,” फिर जमादार की सलामी दी, कहा, “यह जमादार की सलामी।”

फिर ख़ज़ाने के सिपाही से कहा, “अब इसको देखो।” रुस्तम की तरफ़ उँगली उठाई। रुस्तम काला पड़ गया था, झुका हुआ टूटा जा रहा था, जैसे कोई बोझ सँभाला न संभलता हो।

मुन्ना ने कहा, “यही पाप है रानीजी पर चढ़ाया हुआ। इसी को मारना है।” फिर कहा, “सिपाही अब यह है, वर्दी वहाँ मिलेगी।”

रुस्तम पूरी शक्ति से लिपटकर खड़ा हो गया।

ख़ज़ाने के सिपाही से मुन्ना ने कहा, “जब तक यह पाप नहीं मारा जाता, यह बात किसी से न कहना। कहने पर अच्छा न होगा।”

रुस्तम को तलवार देकर मुन्ना ने कहा, “यह शक्ति लो और पहरे पर चलो, हम आते हैं। अभी रानीजी का काम बाकी है। रानीजी की निगाह में अब तुम्हीं जमादार हो।”

रुस्तम ने तलवार ले ली और चला गया। मुन्ना ने जमादार को देखकर कहा, “सिपाही, इधर आओ।”

जमादार ने कहा, "हद हो गई।" ख़ज़ाने के सिपाही की त्योरियाँ चढ़ीं। पर कुछ कहते न बना। मुन्ना ने कहा, "वह सिपाही ही था। उसकी भी तौहीन हुई। तुम भी कुछ कर चुके होंगे। रानीजी कुछ नहीं, क्यों?"

"इधर आओ," कहकर मुन्ना आगे बड़ी। जमादार पीछे-पीछे चले। दूसरी मंजिल के सदरवाले जीने के पास मुन्ना ने जमादार से कहा, "घण्टे-भर बाद बागीचे में आओ। छिपे रहना। वह औरत इस मुसलमान के बच्चे से फैंसी है। देख लो। साथ गवाह भी लेते आना इसी सिपाही को। खजाने का सदर फाटक बन्द कर देना, यहाँ कौन है? लेकिन कुछ कहना मत। तुम नहानेवाली सीढ़ी की दीवार की बहाल में छिपे रहना और अपने आदमी को उसी तरफ़ के आम के पेड़ पर चढ़ा देना। तुम पहले आना। उस आदमी को आधे घण्टे बाद उतरने को कहना।" मालखाने में आकर रुस्तम से कहा, "यहाँ तो कोई आता-जाता नहीं। यह जमादार इस औरत से फँसा है। यह नहाने जाएगी। नहाते वक्त मुझे भेज देगी। तभी दोनों अपना काम करेंगे। मैं तुझे भेजूंगी। लेकिन गवाह ले जाना तम्बूवाले पहरेदार को। खिड़की के पास उसको छिपा देना। वह कुछ कहे नहीं। फ़ैसला रानीजी करेंगी। वह गवाही देगा। जमादार लौटेगा तो वह देखेगा हो। खिड़की से आवाज़ दे देना, देख लिया।"

"बिना देखे?"

"अरे गधा बाद को तो देखेगा। निकलेगा कहाँ से? और राह नहीं। तम्बूवाले को समझा देना।

13

मुन्ना ने आधे रण्टे तक विश्राम किया। फिर प्रणाम लेकर बुआ को पीछे लगाकर बागीचे चली। बुआ का दो ही रोज की कवायद में इतना बुरा हाल हुआ कि सिर पर जैसे मनों का बोझ लद गया हो; जैसे गन्दे पनाले से नहलायी गई हो। रिश्ते का गौरव कहीं गायब हो गया। मौसी का पहले ही अपमान हो चुका था, आज्ञा मिल चुकी थी कि जबान खोलने पर मल डालकर सिर घुटाकर गधे पर चढ़ाकर निकाल दी जाएगी और साथ-साथ जीवन-चरित जनता को सुनाया जाता रहेगा; वह कैसी थीं, यह मालूम हो चुका है। अगर खामोश रहीं तो समझ में आ जाएगा कि अपमान उनका नहीं, उनके दुश्मन का हुआ है।

बुआ मुन्ना के साथ कोठी से उतरकर बागीचे गईं। धूप प्रखर हो गई है, फिर भी सुहानी है। तरह-तरह की चिड़ियाँ चहक रही हैं। रंगबिरंगी सुरीली आवाजवाली; भँवरे, सुए, रुकमिनें, बुलबुल, पीली गलारें, कोयलें, पपीहे, कौए। स्वच्छ जलवाले विशाल सरोवर पर राजहंस तैरते हुए। कहीं-कहीं बगुले ताक लगाए बैठे हुए। गिलहरियों टहनी से टहनी पर उछलती हुई। धीमी धीमी हवा चल रही है, जैसे साक्षात् कविता बह रही हो। सरोवर पर हल्की-हल्की लहरियाँ उठती हुई उस किनारे से इस किनारे आ रही हैं।

चारों ओर विशाल उद्यान 13-14 हाथ की ऊँची चारदीवारी से घिरा हुआ। सरोवर और चारदीवार के किनारे नारियल के पेड़। बीच में, अलग-अलग, निम्बू, नारंगी, सन्तरे, सुपारी, अनानास, लीची, आम, जामुन, गुलाबजामुन, कटहल, बड़हर, बादाम, हड़बहेड़, आँवले, अनार, शरीफ़े, शहतूत, फालसे, अमरूद आदि फलों के पेड़ एक-एक घेरे में लगे हुए। कितने फूले हुए, कितने पकते हुए कितनों में बौर, कितने खाली। एक तरफ़ फूलों का बागीचा उजड़ा हुआ क्योंकि अब रनवास यहाँ नहीं। कहीं जंगली पेड़ों के झाड़ू। बीच-बीच बेला, जुही, गुलाब, गन्धराज, नेवाडी, चमेली, कुन्द आदि जो हुए जीने का व्यर्थ प्रयत्न करते हुए आज भी फूलों के अर्घ्य दे रहे हैं। पक्की सुथरी राहों पर वर्षा की काई जमी हुई है। कटीले झाड़ उग रहे हैं। एक तरफ चारदीवार में दरवाजा है। इस तरफ़ से

भी ताला लगा है, उस तरफ़ से भी। इस तरफ़ की ताली जमादार के पास है, उस तरफ़ की माली के पास।

जिस तरफ़ जमादार को छिपने के लिए कहा था, उस तरफ मुन्ना नहीं गई। कहा, "आज चलो, इधर का बागीचा देख लो। एक रोज में पूरा देखा न दिख जाएगा।"

हवा के मन्द-मन्द झोंके लग रहे हैं। दुःख के बाद सुख का अनुभव हुआ। मुन्ना ने पूछा, "कैसी हवा है?"

"बहुत अच्छी।"

"दिल इसी तरह खुला रखा करो। कोई दिलदार मिल जाए इस वक्त तो?"

"धत्, ऐसा नहीं कहा जाता।"

"अच्छा, सखी, हमसे गलती हुई। पर हमारा तुम्हारा तो हँसी-मजाक का ही रिश्ता है?"

"हाँ, है।"

बुआ की आवाज़ क्षीण होकर निकली।

"अगर हमारा अपमान हो तो क्या वह तुम्हारा भी है?"

बुआ भीतर से जल गई। उस जलन को दबाकर कहा, "हाँ, है।"

"हमारा इतना अपमान होता है कि हम किसी को सिर पर नहीं रख सकते। बाद को सखी बनाकर, हँसाकर, रिझाकर समझा देते हैं कि हम सखी हैं और ऐसी।"

"हमारे भाग।" बुआ ने नम्रता से कहा।

"देखो, यह नारियल का पेड़ है। सरोवर के चारों ओर पहले इसी की कतार है। फिर उस किनारे से है। दोनों कतारों में नारियल की बीसियों किस्में हैं। कच्चे नारियल को डाब कहते हैं। इसका पानी तुमने पिया है।"

"हमारे यहाँ यह पेड़ नहीं होता।"

मुन्ना आगे बड़ी। कहा, "यह देखो, ये अनानास के झाड़ हैं।"

"अनानास क्या है?"

"यह लीची है।"

"हाँ, हमारे यहाँ आती है।"

मुन्ना जल्दी कर रही थी। कहा, "यह शरीफ़ा है।"

"यह भी हमारे यहाँ नहीं होता।"

"ये सुपारी के पेड़ हैं। वह देखो, सुपारी फली है।"

बुआ खुश हो गईं। मुन्ना बढ़ती गई।

"यह बादाम का पेड़ है।"

"वही जो ठण्ढाई में पड़ता है?"

मुन्ना ठण्ढाई नहीं जानती थी। बढ़ती गई। कहा, "यह गुलाबजामुन है।"

"कौन? जो बाजार में बिकता है?"

"तो क्या आसमान पर बिकता है?"

"वह तो मिठाई है।"

मुन्ना रुकी। गुलाबजामुन कोई मिठाई है, यह उसको नहीं मालूम था। गुस्से में आकर कहा, "जैसा-जैसा सिखाते हैं, वैसा सीखो। सही है कि गुलाबजामुन कोई मिठाई हो, पर यह फल है। कुल पेड़ तुम्हें दिखायेंगे, नाम बतायेंगे, याद करके सीख लो। तुम्हें जो मिठाइयाँ जल-पान के लिए दी जाती हैं, उनमें कभी गुलाबजामुन आई?"

"हाँ, रोज़ आती है।"

"तुम्हें कुल किस्मों के नाम मालूम हैं?"

"नहीं।"

"गुलाबजामुन कौन-सी?"

"काली-काली।"

"उसको यहाँ पान्तोआ कहते हैं।"

"वह हमारे वहाँ की-ऐसी नहीं।"

यहाँ छेने की मिठाई बनती है। तुम्हारे उधर मैं जा चुकी हूँ। वहाँ की मिठाई इन लोगों को कम पसन्द है। यहाँ घर का दूध, घर का छेना है, और होशियार

हलवाई नौकर है, यहीं बनाता है, यहीं का घी। तुम कभी त्योरी न चढ़ाया करो। यह इतना बढ़ा बागीचा है। इसमें सैकड़ों किस्मों के फल है। तुम्हें आम, जामुन, अमरूद जैसे थोड़े ही फलों की पहचान है। यह रानीजी की सास और पहले की रानियों का बागीचा है। इनका बागीचा और बड़ा है, पेड़ जैसे हीरे और नीलमजड़े पत्थरों पर खड़े हों, उनके थालों की नई कारीगरी है। फलों की भी सैकड़ों किस्में हैं। तुम जहाँ गई थीं, वहाँ रानीजी का शयनागार नहीं। वहाँ बेशकीमत हजारों जिन्सें हैं। तुम्हें दस साल में भी कुल नाम न याद होंगे। जो बड़ी अनुचरी हैं, वह जानती हैं। 15 साल से कम की नौकरीवाली दासी का यह पद नहीं होता। वह जमादार की तरह दासियों से काम लेती है। तुम्हें नहीं मालूम कि बड़प्पन यहाँ नामों की जानकारी से है। रानीजी हजारों चीजों के नाम जानती हैं। कभी इनके मुँह न लगना। अब नहा लो। धोती घाट से सौ गज के फ़ासले पर उतारकर डाल दो और आधे घण्टे तक नहाओ। फिर निकलकर बिना किसी की परवा किए ऊपर चली आओ। तुम्हें तुम्हारा प्यार मिलेगा। तुम्हें इसकी ख़्वाहिश है। शरमाओ नहीं। डटी खड़ी रहना। साड़ी बिना लिए चली आना। हमें दूसरा काम है। ख़बरदार हुक्म की तामील सीखो। बाद को समझ में आएगा कि रानीजी कितनी अपनी हैं। उनका भी हाल मालूम होगा। सिर चढ़ाचढ़ी तब न होगी जब दोनों एक। उधर जाओ।"

मुन्ना बिजली की तरह मालखाने में गई और रुस्तम से कहा। रुस्तम तम्बू के पहरेवाले के साथ तैयार हो गया और जीने से जल्द-जल्द उतरकर अपनी जगह पर, खिड़की के दरवाजे पर गया। उसका साथी एक अँधेरी कोठरी में छिप रहा। रुस्तम अवसर ताक रहा था। खजाने का सिपाही राजाराम आम के पेड़ पर घने पत्तोंवाली डाल के बीच में बैठा देख रहा था।

रुस्तम के जाने के साथ मौसी को बुआ के शयनागार में भेजकर और जब तक बुआ न आए वहीं रहने के लिए कहकर मुन्ना खज़ाने की तरफ़ बड़ी। पैर की चाप सँभालकर दौड़ी। जीने में उतरकर देखा, फाटक बन्द है। कमर से एक ताली निकाली, जिसे सन्दूक की ताली बताया गया था, उसको देखा। गुच्छे की तालियों से उसका बाहरवाला ताला खोला, फिर अपनी ताली से भीतरवाला। खोलकर देखा, नोटों के बण्डल थे। कुल-के-कुल बाहर निकालकर डाल लिए। नोट नम्बरी भी थे और दस-पाँच रुपयेवाले भी। जल्द-जल्द सन्दूक बन्द कर दिया। तालियों का गुच्छा खूँटी से लटका दिया और अपनी ताली कमर की मुर्ती में लपेट ली। नोटों के बण्डल जीने के तलेवाली अँधेरी कोठरी में डाल दिये। भगी हुई ऊपर

गई। बुआ के बरामदे से देखा, वह नहाकर निकल रही थीं। जैसा कहा था, वैसी ही थीं।

रुस्तम तके हुए था। इसी समय निकलकर कुछ कदम बढ़ा और चिल्लाकर कहा, "चोर पकड़ लिया।"

बुआ की लाज दूर हो गई। वह तनकर खड़ी हो गईं।

रुस्तम आवाज़ लगाकर भागा हुआ कोठरी में घुस गया। मुन्ना दूसरी मंजिल की खिड़की के पास खड़ी होकर चली आने के लिए हथेली का इशारा करने लगी। बुआ चलीं।

राजाराम पेड़ से देख रहा था। मुलुककर जमादार ने भी देखा था। बुआ के जाने के कुछ अरसे के बाद जमादार और राजाराम चले। इनसे पहले मुन्ना ने नीचे उतरकर रुस्तम को आवाज़ लगायी, अगर वहाँ हो। उसके आने पर कहा, "ख़ज़ाने में चलकर बैठो और जमादार के आने पर कहो हमारी जमादारी का हुक्म है, तुम बदमाश हो। हमारी जगह पर जाओ।

14

जमादार जटाशंकर और राजाराम जब ख़ज़ाने को लौट रहे थे, तब आँगन में देखा कि फाटक खुला हुआ है और कुर्सी पर रुस्तम बैठा हुआ है। जमादार को बुरा लगा। राजाराम की भी भवें चढ़ गईं। रुस्तम जानकारी की निगाह से देखता हुआ मुस्कराता रहा; जमादार पास आए तो डाँटकर कहा, “तुम बदमाश हो, रानीजी ने तुम्हें बरखास्त किया है। अब हम जमादार हैं। हमको उसी तरह सलाम करो और हमारे पहरे पर रहोगे। इसी वक्त चले जाओ, आँख से ओझल हो जाओ।” रुस्तम कुर्सी पर बैठा हुआ आराम से टाँगें हिलाने लगा। मुसलमान की पूरी शान में आकर कहा, “अब तुमको मालूम होगा कि सिपाही पर क्या आफ़त गुजरती है जब वह अफ़सर और जमादार को सलाम करता है।”

जमादार के मुँह में जैसे ताला पड़ गया। वह हक्के-बक्के हो गए।

“उल्टा चोर कोतवाल को डाँटे।” राजाराम ने डपटकर कहा। “उठ, नहीं तो ठोंकता हूँ अभी।”

“तू नीम-बदमाश है, इसका साथी है, वहाँ तू क्यों गया?”

“तुझको पकड़ने। मैं गवाह हूँ।”

“तू गवाह है, बदमाश, नंगी नहा रही थी, तब तू देख रहा था या नहीं? और बहुत कुछ किया है, तुम दोनों ने।

“हमको सब मालूम है।” नेपथ्य से मुन्ना ने कहा।

“तो फिर अब तुम्हीं फ़ैसला कर दो।” जमादार ने काँपते हुए कहा। मुन्ना चुप हो गई। रुस्तम ने कुर्सी नहीं छोड़ी।

“बदमाश कहीं का। फ़ैसला कर दो!”

राजाराम कुर्सी के पास आ गया, “उठता है या नहीं?”

तुराब तम्बू का पहरेदार था। दोमंजिले की खिड़की से नीचे को देखते हुए कहा, “खबरदार, राजाराम, मैं भी गवाह हूँ। तुम दोनों बदमाश हो। जमादार रुस्तम पकड़नेवाने हैं। मैं उनके साथ था।”

"तुम यहाँ से क्यों गए?" राजाराम ने पूछा।

"तुम यहाँ से क्यों गए?" तुराब ने डाँटा।

"हम बदमाश पकड़ने गए।"

"बदमाश पकड़ने नहीं गए, बदमाशी करने गए। उस बगीचे के अन्दर मर्द के जाने का हुक्म नहीं, यह सबको मालूम है। तुम गए। जमादार रुस्तम भीतर नहीं गए।"

इसी समय मुन्ना आ गई। कहा, "रानीजी का फ़ैसला सबको मंजूर होगा।"

सबने समस्वर से कहा, "हाँ, होगा।"

मुन्ना ने कहा, "राजाराम आपस में लड़ो नहीं, अपना काम करो।" फिर जमादार से कहा, जटाशंकर, इधर आओ।"

जटाशंकर को उसी जगह ले गई जहाँ पहली बातचीत हुई थी। रुस्तम मुस्कराता हुआ बैठा रहा। तुराब ने कहा, "भाई, आपकी किस्मत खुल गई। हमारा ही पहला सलाम है। रुस्तम ने टाँगे हिलाते हुए कहा, "हमको याद रहेगा। " राजाराम ने जमादार को डिसमिस हुआ जानकर पहरे की वर्दी पहनते और तलवार बाँधते हुए कहा, "लेकिन जमादार का कोई कसूर नहीं।"

"जमादार तो हम हैं," रुस्तम ने स्वर चढ़ाकर कहा, "हमारा कौन-सा कसूर है?" अड़गड़े में पहुँचकर मुन्ना ने कहा, "जटाशंकर, क्या तुम अब भी हमको चाहते हो?"

जटाशंकर राँड़ की तरह रोने लगे।

"एक बात," मुन्ना ने कहा, "तुम मुझे चाहते हो या जमादारी?"

"अरी, बड़ी बेइज्ज़ती हुई; हमारी जमादारी रहने दे।"

"अब तुम समझे, हम समझ जाते हैं, कौन कैसा है। तुम हमारी तरह उतर नहीं सकते, यह तुम्हारा ख्याल था, मगर तुम इतना उतर जाओगे कि यहाँ जमना दुश्वार होगा। जब किसी को पकड़ो, तब उसी को पकड़े रहो, यह कायदा है। तुम समझे थे, मैं तुम्हारी रखेली की तरह रहूँगी; अपनी स्त्री बनाकर तुम मुझको खुश किए रहोगे। मैं जैसी औरत हूँ, मैं तुम्हें रखवाले की ही तरह रख सकती हूँ, मगर राजा ही बनाये रहती। यह न समझना कि मैं ग़रीब हूँ। मैंने कहा, मैं रानी हूँ। तुम्हारा यह ख्याल कि एक औरत को रखेली बनाकर रहनेवाला वैसा ही ब्राह्मण है

जैसे तुम, बिलकुल गलत है। हमारे दिल में ब्राह्मण का सम्मान है, पर चैतन्यदेव-जैसे ब्राह्मण का, जो बाद को वैष्णव हो गए और सबको अपनी तरह का आदर दिया। मैं वैष्णव हूँ। तुम पर मुझे प्यार नहीं होता, दया आती है। तुम इतने बड़े मूर्ख हो कि अपनी तरफ़ से कुछ समझ नहीं सकते। ख़ज़ाने का जो जमादार होगा, कुछ दिनों में उसकी जान की आफ़त आएगी।"

जमादार काँपे। आँखों से तरह-तरह की शंकाएँ, भय, उद्वेग, पाप, अत्याचार, क्षुद्रता, हृदयहीनता आदि निकल पड़ी। राज लेने के लिए मित्र बनने की कोशिश करते हुए कहा, "क्यों?"

"तुम हमारे आदमी हो।"

जमादार की जान चोटी पर आ गई। कहा, "अब जो कुछ भी हो, हम हुज़ूर के आदमी है।"

"अब तुम समझे। अच्छा बताओ, अगर ख़जाने का रुपया चुरा गया हो?"

जटाशंकर को जान पड़ा, वज्र टूटाः धड़ाम से गिर पड़े, "अब सही-सही मरा। मुझको भगा दो। दया करो, दया करो, देवी, कहीं का नहीं रहा।"

"यही रुपया तुमको देना चाहती हूँ, लेकिन तुमको हमारी जाति और हमारी दासता लेनी पड़ेगी।"

"हमको रुपया नहीं चाहिए।" तनकर जटाशंकर ने कहा।

"यही तुम्हारा बड़प्पन है। हम इसी को प्यार करते हैं। मेरे प्यारे, मुझे चूम लो।" मुन्ना ने जीभ लपलपायी।

जटाशंकर को जान पड़ा, काल है। ख़ज़ाने की चोरी की बात सोचते हुए तनकर सिपाहिया ने स्वर से कहा, "गलत बात है; खजाने की चोरी नहीं हो सकती।"

"क्यों?"

"अब तू ही बता," कहकर फिर उन्होंने एक कड़ी निगाह गाड़ी।

"यह जो जमादार बना है, इसी ने चुरवाया है, यह रानी का प्यारा है।"

"झूठ बात, हम रिपोट करेंगे।"

"क्यों रिपोट करोगे?"

"यही तू जो कुछ कहती है।"

"तुमको और तुम्हारे पहरेदार को ये दूसरे पहरेदार पकड़े हुए हैं कि तुम लोग बदमाश हो। मैं इसकी गवाही गुजार दूँगी। तुम ठोंके जाओगे, नौकरी से भी हाथ धोओगे।"

"हम कहेंगे, ख़ज़ाना चुराने का इसने जाल किया है। हमसे पहले ऐसा-ऐसा कह चुकी है।"

"ख़ज़ाना चुरा गया है, तुम्हें इसका क्या पता? अगर न चुरा गया हो?"

जमादार ने करुण दृष्टि से देखा। मुन्ना ने कहा, "अच्छा लाख-दो लाख दे दिये जाएँ तो तुम क्या करो?"

"हम खजाने में रखा देंगे।"

"कैसे?"

जमादार फिर हक्के-बक्के हुए।

मुन्ना ने कहा, "जमादारी चाहते हो तो चलो, बैठो, लेकिन याद रखो, जिस दिन खजांची आएगा, उस दिन तुम्हारा कोई कर्म बाकी न रहेगा। बात मानोगे तो बचे-बचाये चले जाओगे। चोरी और छिनाले का भेद तब तक नहीं खुल सकता जब तक रानी का मान वापस नहीं आ जाता।"

"रुस्तम की वर्दी पहनकर रुस्तम की जगह पहरा दो और रुस्तम को जमादार मानो।" कहकर मुन्ना नए गढ़ की तरफ चली।

जमादार जटाशंकर ख़जाने आए। वहाँ से मालखाने गए। रुस्तम की वर्दी पहनी। बाकी रहा थोड़ा समय पहरा देने लगे।

पहरा बदला। दूसरे सिपाही आए। बात फैली कि रुस्तम जमादार हो गया। रानीजी ने बनाया है। जमादार और राजाराम बदमाशी में पकड़े गए हैं।

जटाशंकर मुँह दिखाने लायक न रह गए। कुल सिपाही बराबरी का दावा करने लगे और उन्हीं के दिल से कसूरवार करार देने लगे।

राजाराम भी मुरझाया था। फ़ुर्सत के वक्त एकान्त में जमादार से बातचीत करता हुआ राज लेने लगा, "जमादार, बड़ा अपमान हुआ। अब तुम सिपाही हो, रुस्तम जमादार। हुक्म राजा का नहीं। माजरा समझ में नहीं आता।"

जमादार ने पूछा, "तुमको क्या जान पड़ता है?"

"या तो तुम फँसे थे, इस औरत ने झूठमूँठ हमको भी फंसाया या बुआ की तौहीन की गई और करनेवाला मुसलमान, इसमें राजा की राय हरगिज़ नहीं मालूम देती। बुआ राजा की मान्य की मान्य हैं।"

"इसके बाद इस मुसलमान का हाल क्या होता है, देखना। राजा एक मुसलमान तवायफ़ लिए ही पड़े रहते हैं। इनके यहाँ बस इतना ही सम्बन्ध है। रानी का हाथ है, ऐसा हमारा विचार है। यह भी सम्भव है कि खजाने की चोरी रानी ने करायी है। बोलो मत, इसमें बड़ा भारी भेद है। किसी को मालूम नहीं हो सका। रुस्तम का आगे चलकर बुरा हाल होगा। तुमको हम दूसरी जगह बदलने की कोशिश करेंगे।"

बात आग की तरह फैली।

15

बाप से यूसुफ को एजाज़ का राज मिल चुका था। जब एजाज़ कलकत्ता रहती थी, खुदाबख्स खजांची तनख्वाह के रुपये लेकर कलकत्तेवाली कोठी में ठहरता था और वहीं से तनख्वाह चुकाकर रसीद लेता था; एजाज़ को डाकखाने के जरिये रुपये नहीं भेजे जाते थे; अली को यह ख़बर थी। उन्होंने लड़के को भेद बतलाया था।

इधर, राजा का रानी के पास आना-जाना घटा कि दासियों, दूतियों और तरफ़दारों से पता लगवाना शुरू हुआ। खुदाबख्स इस पते पर आ गए। ऐसे कई और। रानी के तरफदारों की चालें मामूली खजांची खुदाबख्स, लालच और रानी के प्रेम में न काट सके; जाल में कुंजी डाल दी। प्रेम की कहानी बहुत कुछ पहली जैसी, इसलिए घटना और दुर्घटना का बयान रोक लिया गया।

इसी समय उनके भाग्य के आकाश पर दूसरा तारा चमका। एजाज़ के मकान से चलकर यूसुफ, राजधानी आए और बाज़ार में ठहरे। भेस बदले हुए थे। प्रभाकर को देखकर चौंके दूकान में एक जाकेट सिला रहे थे। शाम के बाद से प्रभाकर का पता न चला।

मैनेजर ने बुलाया है, एक अजनबी आदमी से कहलाकर राह पर मिले और मैनेजर ने भेजा है, कहकर भाव ताड़ने लगे। खजांची की कुंजी हाथ से छूट चुकी थी, कलेजा धड़का। डरकर सँभले।

"हम आपका भला कर सकते हैं," यूसुफ ने कहा।

खुदाबख्स रानी की मैत्री की ताक़त से आगन्तुक को देखते रहे।

"आपका राज बिगड़ा है, मान जाइये।" यूसुफ ने कहा।

खुदाबख्स का दिल बैठ गया। मैनेजर उससे बड़ा है; कुछ गड़बड़ मालूम हुई हो, सोचकर दहले। उम्र कि कह दें, पर सँभाल लिया।

यूसुफ ने कहा, "आपको अब मैनेजर के पास न जाना होगा, हमीं उनकी मारफ़त आपसे मिलने आए हैं। उनसे हमारा हाल मालूम करने की हिमाकत न कीजियेगा। हम सरकारी। आप हमसे फ़ायदा उठा सकते हैं? फिर हम भी मुसलमान हैं।"

खजांची को बहुत खुशी न हुई, क्योंकि एक फ़ायदा अभी पूरा-पूरा नहीं उठा पाये थे। फिर भी, यह सोचकर कि आगे क्या आनेवाला है और खुदगर्ज अपनी ओर से फ़ायदे में ला रहा है, बात सुन लेनी चाहिए।

यूसुफ जानते थे, कहकर भी राज निकाला जाता है; अगले सवाल से काम हासिल होगा। कहा, "हमें आपसे राज मिलता रहना चाहिए। हम आपकी निजी उलझनों की मदद करेंगे।" खुदाबख्स को जी मिला। पूछा, "जनाब का निजी और भी कुछ अगर मालूम किया जा सके?

"बाद को, जब गठ जाए। आप समझें, हम कोई?"

"माजरा क्या है?"

"वह यह कि एजाज़ से सरकार की तरफ की सिखायी औरत भेजकर यह मालूम करना है कि क्या हालात हैं; बस। अपनी तरफ से आप भी पता लगाएं कि सरकार के खिलाफ क्या कार्रवाई है। मुसलमान और नीची-कौमवाले हिन्दू मिट्टी में मिल जाएँगे। आप याद रखिये। पहले किसी नीची-कौमवाले को फँसाइए।"

खजांची को जँच गई। फड़ककर कहा, "कुछ पता भी आपका..."

"अभी नहीं। अस्सलाम वालेकुम ख़्याल में रखें।"

"वालेकुम"

प्रभाकर बैठा था। यूसुफ ने अतिथि-भवन की बैठक में झाँका। कहा, "आपसे मिलने के लिए मैनेजर साहब खड़े हैं।"

प्रभाकर चौंका। देखकर चुपचाप बैठा रहा। कुछ देर ठहरकर यूसुफ भीतर चलकर कुर्सी पर बैठे। कहा, "मैं उनका नौकर नहीं। खड़ हैं, कहा, कह दिया, अब आप समझें।"

प्रभाकर ने रीढ़ सीधी की और बैठा हुआ टुकुर-टुकुर देखता रहा।

दिलावर बाहर पहरेदार के पास बैठा था। यूसुफ को घुसते हुए देखा कि गारद से एक आदमी बुला लाया और लगा दिया। यूसुफ की निगाह चूक गई।

"जनाब का दौलतखाना?" यूसुफ ने पूछा।

"जनाब का शुभ नाम?" प्रभाकर ने पूछा।

"नाचीज हुजूर की खिदमत में।" यूसुफ ने जवाब दिया।

"रहमदिली?" प्रभाकर ने मुस्कराकर कहा।

"रहमदिली-अलअमाँ।" यूसुफ ने दोहराकर दोस्ती जतायी।

प्रभाकर दबा। उभरकर पूछा, "किस अंदाज से हैं?"

"सिर्फ दोस्ती।"

प्रभाकर ने हाथ बढ़ाया।

"यों नहीं।"

यूसुफ ने बड़प्पन रखा, "आप कैसे तशरीफ ले आए?"

"यह तो आपको मालूम हो चुका है।"

"कहाँ?"

"यह भी मालूम होगा।

"कुछ भी नहीं बदला हुआ नजर आया?"

"आपका मतलब?"

"मैंने कहा, कुछ आपसे हल हो।"

"आप तो जवाब नहीं देते।"

प्रभाकर चुप हो गया।

"आप बड़े सयाने। पर खुलकर रहेगा।"

प्रभाकर को ताव आया, पर सँभाल लिया।

इसी समय दिलावर घुसा। यूसुफ के पीछे आदमी लगा रहा।

"चलिए।" दिलावर ने प्रभाकर से कहा। प्रभाकर चले।

दिलावर ने यूसुफ से पूछा, "जनाब का कहाँ से आना हुआ?"

"मैनेजर साहब के कहने से।" यूसुफ साथ-साथ चले।

दिलावर कुछ न बोला। प्रभाकर और दिलावर मुड़कर एजाज़वाले महल की तरफ़ चले, यूसुफ दूसरी तरफ़ से अपने डेरे की ओर।

यहाँ थाना है, यह पहले से जानते थे। दिल में कोई धड़कन न थी।

पीछे लगा आदमी आँख बचाकर चला। यूसुफ ताड़ न पाए, दिल में खटक न थी। आदमी ने यूसुफ की कोठरी का पता लगा लिया।

16

कमरे में सनलाइट जल रही थी। राजा साहब अपनी बैठक में थे। मसन्द लगी हुई। गाव-तकिए पड़े हुए। एक तकिए का सहारा लिए हुए प्रतीक्षा कर रहे थे कि बेयरा सिपाही से ख़बर लेकर गया। कहा, प्रभाकर बाबू आए हुए हैं। राजा साहब ने आदरपूर्वक ले आने के लिए कहा। दिलावर बाहर रास्ते के पहरे पर रह गया, प्रभाकर उसी पुलनुमा राह से सरोवर की कोठी को चले। कोठी में पहुँचकर राजा साहब का कमरा, अन्दर जाने के लिए, बेयरा ने प्रभाकर को दिखा दिया। प्रभाकर गए। राजा ने उठकर स्वागत किया और नवयुवक को पास बैठा लिया। स्नेह से कहा, "हम आपसे उम्र में..."

प्रभाकर सिर झुकाये रहे।

"बड़ी जिम्मेवारी है।" राजा साहब ने स्वगत कहा।

प्रभाकर स्थिर भाव से बैठे रहे।

"आपका प्रबन्ध हो गया है। आप वहाँ चलकर रह सकते हैं।"

प्रभाकर को साहस से प्रसन्नता हुई।

"आप तो हमारे गवैये के रूप में हैं।"

"गा लेता हूँ।" प्रभाकर ने सीधे स्वर से कहा।

"कुछ पान?"

"जी नहीं।"

"भोजन तो कीजिएगा?"

"जी हाँ।"

"मांस-मछली?"

"हाँ।"

"आप कुछ सुनिये और कुछ सुनाइए।"

राजा साहब ने एजाज़ के आने के लिए ख़बर भेजी, साजिन्दे भी बुला लाने को कहा। फिर प्रभाकर से गप लड़ाने लगे।

समय पर साजिन्दे आ गए। एजाज़ भी तैयार हो गई। साज बाहर से मिलाकर लाये गए। प्रभाकर देखते रहे।

प्रभाकर को राजा साहब नाप न सके, कितना गहरा है।

एजाज़ तैयार होकर आई। राजा साहब को सलाम किया और बगल में एक तकिया लेकर बैठ गई। प्रभाकर को देखा, फिर देखा, फिर चुपचाप राजा साहब से पूछा, "आपकी तारीफ़?"

उसी फिसफिसाहट से राजा साहब ने जवाब दिया, "आपके खानदान के। गवैये हैं। देखा जाए, कैसे हैं?"

"तगड़े जान पड़ते हैं।"

"शिक्षित हैं।"

"यहाँ कैसे?" एजाज़ को शक हुआ।

"गायेंगे, रहेंगे। जब चाहेंगे, चले जाएँगे।"

एजाज़ को राजा साहब की बात का विश्वास न हुआ, उनके स्वर में ऐसा ही, कटता हुआ आदमी मिला। खामोश हो गई। एक दफे कमर सीधी की, फिर एकटक देखती हुई बैठी रही। प्रभाकर ने मुद्रा को और अच्छी तरह देखा, दिल में गाँठ ली।

साजिन्दे नौकर, रह-रहकर एक नजर राजा साहब को देख लेते थे।

राजा साहब की कठिन अवस्था हुई। न एजाज़ को गाने के लिए कह सकते थे- अविश्वास की ऐसी प्रतिक्रिया हुई, न प्रभाकर को, प्रभाकर का गुरुत्व ऐसा ग़ालिब था।

उन्होंने नौकर रखने के भाव को काफ़ी मुलायम करके एजाज़ को देखा। एजाज़ ने अनुभव किया कि वह दब गई। बड़ा बुरा लगा। अपने से घृणा हुई। पर दबाकर, सैकड़ों पेंच कसने और सुलझानेवाली मुसकान से प्रभाकर को देखकर कहा, "जनाब ही क्यों न श्रीगणेश करें?" प्रभाकर समझा। नम्रता से स्वीकार कर लिया। पूछा, "क्या गाऊँ?"

"जो जी में आए, कोई ऊँचे-अंगवाली।"

तानपूरा स्वर भरने लगा। एजाज़ के गले से मिलाया हुआ।

राजा साहब ने कहा, "आपके स्वर में नहीं मिला। दिक्कत हो तो अभी ठहर जाइये।"

एजाज़ कुछ और दबी। प्रभाकर ने कहा, "चल जाएगा। घटा लूँगा।"

"अच्छा, मैं ही बिसमिल्लाह करती हूँ।" एजाज़ मसनद के बीच में आ गई। दिल को चोट लग चुकी। पूरा-पूरा व्यवसायवाला रुख लेकर बैठी। साजिन्दे खुश होकर अनुपम रूप देखने लगे। प्रभाकर ने भी देखा, जैसे पत्थर को देख रहा हो। एजाज़ की हार्दिक सहानुभूति उस क्षण कलाकार प्रभाकर के लिए हुई। भरकर, राजा साहब से बदली हुई, एजाज़ ने अलाप ली।

प्रभाकर मुग्ध हो गया। चुपचाप बैठा ख्याल सुनता रहा। तानों की तरह दिल में समा गईं। साजिन्दे काम करते हुए प्रभाकर को देख लेते थे। राजा साहब निर्भीक कद्रदाँ की तरह बैठे रहे।

ख्याल गाकर एजाज़ हट गई। इसका मतलब था, अब नहीं गायेगी। राजा साहब समझकर खामोश रहे। साजिन्दे उसको कुछ कह नहीं सकते थे। प्रभाकर आगन्तुक ।

एजाज़ पहले की तरह राजा साहब की बगल में नहीं बैठी। गाने के लिए प्रभाकर का जी उठ नहीं रहा था। फिर भी रस्म पूरी करनी थी। शिक्षित घराने का युवक सुकण्ठ और संगीतज्ञ था। ढर्रा छोड़कर उसने धमार गाया। काफ़ी जमी। राजा साहब उछल पड़े।

एजाज़ समझ गई यह पेशेदार गवैया नहीं। इसका राज लेना चाहिए, दिल में बांधा। डटी बैठी रही। कलकत्तेवाली, सरकार के आदमी से हुई, बातचीत याद आई। धीरज हुआ। पर राजा की तरफ़ से सदा के लिए पेट में पानी पड़ गया।

राजा साहब ने देखा, प्रभाकर की तारीफ़ से एजाज़ का दिल छोटा नहीं पड़ा। वह और बढ़कर बोले, "अभी आप थके-माँदे आए हैं।"

"अच्छा, कहाँ से?" एजाज़ ने पूछा।

"क्यों, साहब?" राजा साहब ने प्रभाकर को देखा।

"वर्धमान से।" प्रभाकर ने कहा।

"जनाब का नाम?" एजाज़ ने पूछा।

"प्रभाकर।"

"उस्ताद हैं?"

प्रभाकर ने साधारण नमस्कार किया।

"अरे भाई, बोस साहब बैरिस्टर हैं, उनके भाई हैं। आए हैं।"

एजाज़ और दूर तक गाँठ गई, "कुछ रोज रहेंगे, यानी बहुत कुछ सुनने को मिलेगा। राजा साहब का दरबार है।" खिलखिलाकर हँसी।

आज के बर्ताव से एजाज़ को इच्छा हुई, दूसरे दिन कलकत्ता रवाना हो जाए और नौकरी छोड़ दे, मगर बड़ा रहस्यमय रूप सामने देखा, जिसको खानदानी पढ़ी-लिखी वेश्या छोड़कर न भोगी; आखिरी दम तक सुलझायेगी।

17

राजा साहब ने देखा कि एजाज़ का मिजाज उखड़ा-उखड़ा है, उन्होंने साजिन्द को रुखसत कर दिया। प्रभाकर को भोजन कराना था, इसलिए बैठाले रहे। काट कुछ गहरा चल गया था, यानी एजाज़ को राजा साहब चाहते थे, पर दिल देकर नहीं, अगर दिल देकर भी कहें तो भेद बतलाते हुए नहीं। सिर्फ़ कला-प्रेम था या रूप और स्वर का प्रेम जो रुपये से मिलता है। यही हाल एजाज़ का। उसके पास धन था, रूप और स्वर भी पर तारीफ़ न थी, यह दूसरों से मिलती थी, और उन्हीं लोगों से जो रूप, स्वर और यौवन खरीद सकते हैं। षोडशी होकर जिस समूह में वह चक्कर काटती थी, वह कैसा था, आज प्रभाकर को देखकर उसकी समझ में आया। वह बड़प्पन कितना बड़ा छुटपन है, राजा साहब के बर्ताव से परिचित हुआ। प्रभाकर को न देखने पर वह समझ न पाती कि आदमी की असलियत क्या है। आजकल जैसे उस छुटपनवाले बड़प्पन से उसका छुटकारा न था। आज के परिवर्तन के साथ प्रभाकर का प्रकाश उसके दिल में घर करता गया। खेल और मज़ाक दिल नहीं। किसी को बनाना और किसी को बिगाड़ना दिलगीरी नहीं, सौदा है। जो कुछ भी अब तक उसने किया वह एक बचत थी। असलियत क्या थी, कहाँ थी, वह नहीं समझ पायी। आज भी नहीं समझी। सिर्फ स उसे दिल नहीं माना। टूटी जा रही थी। असलियत असलियत से मिल गई। प्रभाकर की जैसी शालीनता उसने किसी में नहीं देखी। जो बातचीत सुन चुकी है, उससे अगर इस आदमी का ताल्लुक है तो गजब है यह आदमी- 'स्वदेशी!'

एजाज़ रहस्य मालूम करने के लिए उतावली हो गई। प्रभाकर ने जो गाना गाया उसमें प्रदर्शन न था, किसी की परवा नहीं फिर भी किसी से नफ़रत नहीं। यह अच्छा गाना जानता है, पर अच्छों का प्रभाव नहीं रखता। गाने के सम्बन्ध में चढ़ी रहकर भी -एजाज़ चढ़ी न रह सकी। राजा साहब से जो दुराव हुआ था, वह उनके प्रभाकर के लिए हुए प्रेम के कारण था। अब वह एक हार बनकर रह गया। उसको खुशी हुई- 'एक कुन्जी उसके पास भी है।'

अपमान को भूलकर उसने राजा साहब से कहा बड़ा रूखा-रूखा लग रहा है - "मत्रकशी?"

"क्या बुरा?"

राजा साहब जो बाजी लगा चुके थे, वह प्रभाकर को बाहर का आदमी नहीं समझ सकती थी।

एजाज़ का इशारा मिलते ही गुलशन शीशा और पैमाना ले आई। उसी तरह ढालकर एजाज़ को दिया। एजाज़ ने राजा साहब को। प्रभाकर के लिए लेमनेड आया। एक प्याला पिलाकर दूसरा भरा तीसरा भरा। राजा साहब खाली करते गए। भी एजाज़ साथ देती गई। पूरा नशा आ गया। भोजन की थाली आने लगी। तीनों भोजन करने लगे।

"प्रभाकर बाबू से तो गहरे तअल्लुकात हैं।"

"हाँ।" राजा साहब ने कहा।

"हमारे कौन-कौन से फ़ायदे आपसे हैं, हमें मालूम हो तो हम भी साथ हो जाएँ। बात हम तीनों की है। हमारी मदद काम कर सकती है।"

"इसमें क्यों शक।"

प्रभाकर ने मधुर स्वर से पूछा, "आपके जमींदारी है?"

राजा साहब को प्रश्न बहुत अच्छा लगा। वह स्वयं इतना साधारण प्रश्न नहीं कर सकते थे।

एजाज़ को जवाब देते हुए झेंप हुई। कहा, "अब हमें आप लोगों के सवाल का जवाब देना पड़ता है। पहले हमीं जवाब लेते थे। आते-जाते हमीं पहले बोलते थे। हिन्दू जवाब देते थे।"

"इसी डर से हमने हुजूर से बातचीत नहीं की कि हुजूर खुद पूछें।" राजा साहब ने चुटकी लेते हुए कहा।

"ऐसी बात का हमें कोई ख्याल न था!"

"कुछ तो होगा ही।" राजा साहब डटे रहे।

"वह बहुत अनुकूल नहीं।"

"हमारे?"

"हाँ।"

"आपके?"

"राज देते रहें तो सरकारी तौर से हो सकती है।"

"राज तो आपने हमें दे दिया।"

एजाज़ प्रभाकर को देखती रही। प्रभाकर ने कहा, "अब हमारा फ़र्ज़ है, हम आपकी सेवा करें। अभी इतना ही कि हम स्वदेशी।"

"इस राज से हमारी सरकार के यहाँ कद्र बढ़ सकती है।"

राजा साहब की आँख झप गईं 'इससे दिल का हाल नहीं कहा।'

एजाज़ प्रभाकर से सुनने के लिए बैठी रही। प्रभाकर ने कहा, "मैं स्वदेशी का सक्रिय हूँ। सूत, चरखा, करघा, कपड़े तथा ग्रामीण वस्तुओं के प्रचलन का बीड़ा उठाया है। काम करता है। राजा साहब की सहानुभूति है।"

"ज़मींदार छोटे-मोटे हम भी हैं। आपसे हमारा स्वार्थ है, हम समझते हैं। हमारे यहाँ एक डाट लगा दी गई है। हमसे आपका उपकार हो सकता है। कुछ राज हमे काम करने के लिए दीजिएगा।"

राजा साहब बहुत खुश हुए। कहा, "हमारा एक ही रास्ता है।"

"हम बातें आपसे नहीं कर सकते, आज्ञा है। आपने जो कुछ कहा है, उसका कुछ प्रमाण भी हमें चाहिए। यहाँ हम कपड़े के केन्द्र मजबूत करेंगे। व्यवसाय बढ़ायेंगे। आपको अर्थ और अनर्थ के सम्बन्ध में काफ़ी जानकारी है।"

"उस तरफ़ से तो कुछ मिलेगा नहीं।" एजाज़ ने कहा।

"इस तरफ़ का भी कुछ न जाना चाहिए। इतना ख्याल रखिए, उनके आने के दिन की बातचीत मिल जानी चाहिए।"

"मिलेगी। जमींदार तो हम भी हैं, इतना काफ़ी है। कोई दूसरी मदद?"

"क्या पार्टी को दस्तखत करके नाम दे सकती हैं?"

"यह सोचूँगी, शायद नहीं। पहले की बात होती तो हिम्मत बाँधकर देखती।"

"पुलिस या खुफ़िया का राज यहाँ का है या कलकत्ता का?"

"कलकत्ता का।"

"एक आदमी यहाँ आया है, आपको बता रहा हूँ।" प्रभाकर ने यूसुफ के चेहरे का वर्णन किया।

"ऐसा ही आदमी वह भी था। पहले-ही-पहल आया था।" एजाज़ ने कहा।

"आपको यह आदमी कहीं मिला?"

"गेस्ट हाउस में।"

"किसी दूसरे ने भी देखा?"

"हाँ, उसने देखा जो हमारे साथ है।"

एजाज़ ने बड़ी-बड़ी आँखें निकालीं।

राजा साहब ने ख़िदमतगार को भेजा। कुछ ही अरसे में दिलावर आया। भीतर बुलाकर राजा साहब ने पूछा, "आपने पीछे किसी को देखा?"

"राज मिल गया है। बाज़ार में ठहरा है। बाहर का आदमी है।"

"जहाँ-जहाँ जाए, आदमी लगा रखो, देखे रहे, मालूम कर ले, असली कौन है।"

"जो हुक्म।" कहकर दिलावर बैठक छोड़कर चला।

"हमारे लिए अच्छा होगा, अगर आप कलकत्ता चली जाएँ, आप इस तरह हमारी ज्यादा मदद कर सकती हैं। यह आदमी आपके कारण आया है। क्या राजा साहब यह बतलाएंगे कि हमारा राज किसी को उनसे नहीं मिला।"

"नहीं, नहीं मिला। इनसे हम कहते, लेकिन दूसरे की बात है, इसलिए नहीं कहा।"

"हमें इसका दुःख नहीं।" एजाज़ दृढ़ हुई।

"हमारी किस्मत।" प्रभाकर ने कहा, "यह आदमी आपके लिए (एजाज़ की ओर उँगली उठाकर) आया है। यहाँ इसका कोई आदमी होगा। मुझसे मैनेजर का नाम लिया, मगर मैनेजर से इसकी जान-पहचान भी न होगी।"

राजासाहब सीधे होकर बैठे। प्रभाकर कहता गया, "जिस तरह भी हो, आप लोगों में किसी से कोई आदमी मिलेगा। अब होशियारी से चलना है।"

राजा साहब चौंके।

"इसलिए कुछ रोज जाने की बात न करें। लेकिन जाना बहुत जरूरी है। नसीम यहाँ नहीं। इस मामले की वही मुखिया है।"

"यानी?" प्रभाकर ने पूछा।

"अभी हमारी चड्ढी नहीं गठी। यह राज बाद को। आपका असली नाम प्रभाकर है?"

"मैं प्रभाकर हूँ। और मैं कुछ नहीं जानता।"

"आप कलकत्ते में मुझसे मिलेंगे?"

"प्रभाकर ही आपसे मिलेगा।"

राजा साहब को ताल कटती हुई-सी जान पड़ी। हृदय में कोई रो उठा, मगर बैठे रहे। प्रभाकर ने विदा माँगी। देर हो गई। उसके साथी अभी छूटे हुए थे। रहने के लिए उन्होंने सम्भवतः दूसरा कमरा दूसरे मकान में लिया हो। एक तरह से पकड़ा जाना ही समझना चाहिए। प्रभाकर सोचकर बहुत घबराया।

राजा साहब ने पालकी मँगा दी। प्रभाकर बैठे। राजा साहब ने अतिथि-भवन में रखने की आज्ञा दी। दूसरे दिन सवेरे जगह पर भेजने के लिए कहा। दिलावर ने सुन लिया। प्रभाकर ने कहा, "मैं पता लेकर ही जाऊँगा। ये मेरी पूरी मदद करें। ऐसी आज्ञा दीजिए।"

राजा साहब ने दिलावर को बुलाकर हुक्म दे दिया।

एजाज़ के मन से संसार का प्रकट सत्य दूर हो गया। कल्पनादर्श में रहने की आकांक्षा हुई। प्रभाकर का ऐसा व्यक्तित्व लगा जैसा कभी न देखा हो। इसके साथ ज़िन्दगी का खेल है, खिलाफ़ मौत का सामाँ।

18

रुस्तम बहुत खुश थे कि रानी साहिबा ने उन्हें जमादारी दी। जटाशंकर जान बचाने के लिए रूस्तम की जगह पहरा दे रहे थे। राजाराम रहस्य का भेद न पाकर खामोश हो गया। दूसरे पहरेदारों ने सुना और रुस्तम के तरफ़दार हो गए। जटाशंकर यह उड़ाये हुए थे कि वे शौकिया सिपाही का काम नहीं कर रहे। जल्द रुस्तम पर आफ़त आती है और ऐसी कि संभाली न सँभलेगी। तीनों पहरों के सिपाही जो मौके चारून आती तरह-तरह की दीवार उठाते और ढहाते रहे।

सुबह का वक्त। रुस्तम कुर्सी पर बैठे। मुन्ना आई। राजाराम के सामने कहा, "रानीजी की सलामी दो।" रुस्तम झेंपा। बोला, "रानीजी यहाँ कहाँ हैं?"

राजाराम तनकर देखने लगा। तम्बू के उसी सिपाही को पुकारकर कहा, "देख लो, जमादार का हाल।"

मालखाने से जमादार जटाशंकर भी तद्गतेन मनसा देखने लगे। मुन्ना ने कहा, "सलामी नहीं देते तो जमादारी से बरखास्त किए जाओगे।"

रुस्तम घबराया। उठकर झेंपकर सलामी दी। देखकर मुन्ना ने कहा, "एक दिन में तुम्हारी चर्बी बढ़ गई। जमादारी के लिए तुमने कहा था, जमादारी तुमको दी गई। लेकिन तनख्वाह तुम्हारी वही रहेगी।"

राजाराम और तम्बूवाला सिपाही हँसा । तम्बूवाले ने कहा, "जमादार साहब ने इतनी मिहनत से चोर पकड़ा, जमादारी मिली, लेकिन अब तो कुछ और ही बात जान पड़ती है।"

मुन्ना ने कहा, "रानीजी की इच्छा। जमादार जटाशंकर को उन्होंने सिपाही बना दिया, लेकिन तनख्वाह वही रखी। आज हुक्म हुआ है, जमादार को 20 का इनाम मिले, क्योंकि काम बहुत अच्छा किया।"

राजाराम ने अपनी तरफ़ से समझा और खुश होकर दोमंजिले के मालखानेवाले पहरेदार जमादार जटाशंकर को, जो आँगन की ओर खड़े थे, आवाज़ लगाकर, कहा, "जमादार, कैसा सच्चा फ़ैसला आया है!" तम्बूवाला,

रुस्तम का तरफ़दार, कुछ न समझा। आवाज़ बैठाकर कहा, "बड़े आदमी का फ़ैसला बड़े आदमी जानें।"

"अगर सही मायने में तरक्की चाहते हो तो चलो उठकर।" मुन्ना ने कहा। रुस्तम उठकर चला। जीने पर मुन्ना ने कहा, "अगर खजाने में उसी वक्त चोरी हो गई हो तो छाँट दिये जाओगे या बचोगे?"

रुस्तम उछलकर सहम गया, "ऐंठी!"

"रानी के हथकण्डे हैं, कुछ समझता भी है? जैसा-जैसा कहा जाए, कर।"

कहकर मुन्ना ने पाँच रुपये का एक नोट निकालकर दिया। शरमाकर रुस्तम ने ले लिया, कहा, "बस?"

मुन्ना ने कहा, "काम तुम्हारा चार आने का भी नहीं। जब काम पसन्द आएगा, तब। यह तुम्बा-फेरी किसलिए हो रही है, यह न तुम जानते हो, न हम। यह सिर्फ रानीजी को मालूम है। चलो, अभी तुमसे बहुत काम है। अपनी वर्दी पहनो, अब तुम फिर सिपाही के सिपाही।"

जमादार जटाशंकर ने वर्दी उतार दी। रुस्तम ने खीस निपोड़कर पहनते हुए कहा, "जमादार, जो कुछ भी आपने किया, आप समझें; जमादारी में आपसे हमने सलामी ली, इसका ख्याल न करें, मुआफ कर दें।"

जमादार खुश हो गए। कहा, "यह राजा-रानी का खेल है। कभी घोड़े पर चढ़ना पड़ता है, कभी गधे पर।"

मुन्ना ने कहा, "चलो।" कुछ आगे बढ़कर तीस रुपये दिये। कहा, "दस राजाराम को दो और बीस तुम लो। रानीजी ने इनाम दिया है।"

रुपये लेकर जटाशंकर ने कहा, "लेकिन वहाँ ताला टूट गया होगा, तो क्या होगा?"

"देखो, जमादार, तुम्हारे पास बचत है, तुम्हारे पास एक ही कुंजी रहती है। दूसरी कुंजी कहाँ से आई, खजांची से पूछोगे तो नौकरी जाएगी। खजांची भी क्या जाने? वह ख़ज़ाने का ताला तोड़वायेगा जिनका रुपया है, वे ऐसे निकालें या वैसे; किसी का क्या?"

"यह भी ठीक है।" "चुपचाप बैठे रहो। अब चढ़ाई होगी।"

"चढ़ाई क्या?" "रानीजी की विजय।"

"उनकी तो विजय ही है।"

19

मुन्ना खजांची खुदाबख्स के यहाँ गई। दूसरी औरत से खजांची का ताल्लुक कराकर, दूसरे मर्द से रिश्वत दिलाकर, 'एक औरत से उसका ताल्लुक हो गया है' उसकी बीवी से कहकर लड़ाकर, बिगड़ाकर, राजा साहब के नकली दस्तखत से इम्प्रेस्ट से रुपया निकलवाकर, गवाह तैयार करके मुन्ना ने खजांची को कहीं का न रखा था। उसको पुरस्कार भी मिलता था। इन कामों में मनी साहिवा का हाथ था। धीरे-धीरे रानी का प्रेम घनीभूत किया गया। दो-एक बार रात को कोठी में बुलाकर खिलाया-पिलाया गया। खजांची की कल्पना दूर तक चढ़ गई। रानी का चरित्र जैसा था, उससे उन्हें जल्द सफल होकर राज्य करने में अविश्वास न रहा।

कुंजी देते हुए मुन्ना ने कहा, "रानी साहिबा ने कहा है, अब तुम यहाँ तक आ गए।" कहकर उसने अपनी छाती पर हाथ रखा।

खुदाबख्स खुश होकर बोले, "मेहरबानी।"

मुन्ना ने कहा, "आप आज ही जाइये और हिसाब लगाकर मुझे बताइयेगा, मैं राह पर पीपल के नीचे मिलूँगी, कितना रुपया निकाला गया। आपको तो मालूम है, काम दूसरे से कराया जाता है, हिसाब दूसरे से लिया जाता है। जिसने रुपया निकाला वह खा नहीं गया, मालूम हो जाएगा। फिर उसी तरह बिल बनाकर जरूरी लिखकर सही करा लीजिए। रानी साहिबा वह बिल देखकर वापस कर देंगी। अकाउंटेंट के पास बाद को भेज दीजिए। काम हो जाने पर इनाम मिलेगा। कहकर मुन्ना लौटी। खजांची देखते रहे। सोचते रहे। उनसे नोटोंवाले सन्दूक की कुंजी ली गई थी। अंदाजन दो लाख रुपया था। सोचकर काँपे। दो लाख रुपये का जाल। इम्प्रेस्ट से हजार-पाँच सौ रुपये निकाल लेना बड़ी बात नहीं। अकाउंटेंट को शक नहीं होता। दो-दो लाख का बिल ! इतना रुपया तो मालगुजारी के वक्त ही जाता है।

मुन्ना ने यह रुपयेवाला जाल अपनी तरफ़ से किया था। रानी साहिबा को इसकी खबर न थी। बुआ को झुकाने के लिए उन्होंने आज्ञा दी थी कि किसी

सिपाही या जमादार से फँसा दी जाएँ, कुंजी उनके हाथ में रहे; लेकिन मुन्ना ने लम्बा हाथ मारा।

खजांची ग्यारह बजे के करीब आए। जटाशंकर बैठे थे। ख़ज़ाने में उस समय राजाराम का पहरा बदल चुका था। रामरतन था। उसने बहुत तरह की बातें सुनी थी। पर वह आदी था। खड़ा रहा। खजांची ने वही सन्दूक खोला। सन्दूक में एक भी नोट न था। सन्दूक का बीजक निकालकर देखा, दो लाख तेरह हजार के नोट थे।

जटाशंकर तके हुए थे। रामरतन पहरे पर टहल रहा था। क्या हो रहा है, क्या नहीं, इसकी उसको ख़बर न थी। खजांची ने चुपचाप बीजक निकालकर जेब में किया और सन्दूक में ताली लगायी, फिर बाहरवाला ताला लगाया। जटाशंकर फाटक की आड़ से साधारण भाव से देख रहे थे। सिपाही चौंका, पर सँभलकर टहलने लगा।

खजांची ताला लगाकर चले। पीछे-पीछे जटाशंकर हो लिए। खजांची घबराये हुए थे। जटाशंकर के लिए इतना काफ़ी था। अभी तक कोई पकड़ उन्हें न मिली थी। खजाने से कुछ दूर निकल जाने पर खजांची ने उन्हें देखा, घबराहट को दबाकर पूछा, "क्यों, जमादार, क्या बात है?"

जटाशंकर ने जवाब नहीं दिया। खजांची की जेब पकड़ ली। "हाथ-पैर हिलाये कि उठाकर दे मारा और हड्डी-हड्डी अलग कर दी।" गरजकर कहा।

"यहाँ तुम्हारा क्या है?"

"यहाँ हमारी रोटियाँ हैं और आपकी भी।"

"हम पर हाथ उठाने का नतीजा मालूम होगा?"

"बहुत अच्छी तरह।"

"ज़बान हिलायी तो..."

"चुप रहो।

"हम वही जिन्होंने रानों के नीचे रखा और सदियों। यहाँ कुछ ऐसा ही।"

जटाशंकर फौजी आदमी थे। धोखे-पर-धोखा खा चुके थे। ताव आ गया। चाहा कि उठाकर पटक दें। लेकिन सँभल गए। कहा, "खजांची साहब, हमको यही हुक्म हैं। आप तो अब वही हैं। सलाम।"

खजांची ने कहा, "रा..."

"हुजूर, निकालनेवाले तो हमीं हैं। यह फर्द हमको दे दीजिए।"

"उन्हीं का हुक्म?"

"हुजूर। लेकिन उससे न कहियेगा, और आगेवाली कार्रवाई पहले हमसे। यहाँ भी हो एक कुंजी रहती है?"

"हाँ, हाँ, ठीक है। यह लो।" खजांची ने बीजक दे दिया। देना नहीं चाहते थे, हाथ कांपा। पर काँटा ऐसा ही था। सोचा, 'रुपये इसी ने निकाले हैं। दो आदमियों के सामने कहला लेना है।'

जटाशंकर ने बीजक लेकर कहा, "इसकी बात उससे मत कहियेगा, नहीं तो हम पकड़ जाएँगे। उससे यह मालूम कीजिए कि कहाँ रखा है? आपसे कहे देते हैं कि निकालकर हमने दिये।"

"तो वे पहुँच गए।"

"कितने लिखे हैं? बताइये, नहीं तो हमें पकड़ना पड़ेगा।"

"दो लाख तेरह हजार। जमादार, बहुत नाजुक मामला है। भेद न खुले। तुम्हें भी मिलेगा।"

"आगेवाली लीपापोती भी हमें मालूम होनी चाहिए। रुपया रखा कहाँ है, पूछ लीजियेगा, नहीं तो हम पुछवायेंगे। कल हुजूर इसी वक्त ख़ज़ाने में तशरीफ़ ले आने को मिहरबानी करें, नहीं तो रा-के पास मामला दायर होगा। खूब ख्याल रहे (बीजक दिखाकर) इसका हाल किसी से कहियेगा तो बचियेगा नहीं। हमीं-आप तक इसका

भेद है।"

"यह तय रहा। लेकिन तुम भी इसका जिक्र न करना।"

"हुजूर का मामला, जिक्र किससे किया जाएगा?"

जमादार राजा को सम्बोधन कर रहे थे, खुदाबख्स अपने को समझते थे। सलाम करके जमादार वापस आए, खजांची आगे बड़े। पीपल के चबूतरे पर मुन्ना बैठी थी। देखकर मुस्कराती हुई सामने आई। "कितनी है?" होंठ रंगकर पूछा।

"पाँच लाख।" खजांची ने छूटते ही कहा।

मुन्ना ने अंक मन में दोहराये।

"तो जल्द बिल तैयार हो जाना चाहिए। राजा साहब के दस्तखत बनाकर अकाउंटेंट के पास पहुँचा दिया जाना चाहिए।"

खजांची मन में कुढ़ा। सोचा, इस बेवकूफ़ को कौन समझाए, दो-दो, ढाई-ढाई लाख रुपये, ज्यादा रुपये होने पर छिपा रखने के सिवा, सीधे रास्ते से हज्म नहीं किए जा सकते। वे राजा की निगाह पर आएँगे। बिल जाली बना लिया जा सकता है, पर खर्च का मेमो राजा की नज़र से गुजरेगा। इम्प्रेस्ट का रुपया एक साथ मेमो बनकर निकलता है, घर के खर्च के लिए। उससे हजार-पाँच सौ साल-छह महीने में निकाल लिया जा सकता है। उसके बिल सही होकर अकाउंटेंट के पास भेजे जाते हैं तो कैश-लेजर कर लिया जाता है, उसका अलग से मेमो में उल्लेख नहीं आता।

खुलकर खजांची ने कहा, "अच्छी बात है," फिर पूछा, "रुपये रानी साहिबा के पास पहुँच गए?"

"उसी वक्त," स्वर को मुलायम करके मुन्ना ने कहा, "नहीं तो रखे कहाँ जाएँगे?"

"बिल बनाकर अकाउंटेंट के पास भेजने के लिए क्या रानी साहिबा ने हुक्म दिया है?"

"हमसे सवाल करने के क्या मायने? हम जैसा सुनते हैं, वैसा कहते हैं।"

"अच्छा तो उसी तरह बिल भेज देंगे।" खजांची को अंधेरा दिखा। वह रास्ता काटकर चले।

मुन्ना को जान पड़ा, कुछ बिगड़ गया। कुछ अप्रतिभ हुई। मगर फिर चेतन होकर कहा, "आप इतना नहीं समझते जब लोहे के सन्दूक से नोट गायब हो सकते हैं, तब बाकी कार्रवाई भी हो सकती है।"

"कैसे?"

"जैसे आपसे कुंजी ली गई।"

"वैसे ही मेमो पर राजा के दस्तखत करा लिए जाएँगे और पाँच लाख रुपये के ख़र्च पर?"

“जहाँ पाँच लाख की चोरी होती है, वहाँ एक लाख की कम-से-कम रिश्वत होगी, और इस रकम से काम न हो, ऐसा काम अभी संसार में नहीं रचा गया।”

“यह तो हम समझे, लेकिन मेमो पर राजा के दस्तखत कैसे होंगे?”

“मेमो क्या है?”

“जिस पर बिल के रुपये लिखे जाते हैं।”

“राजा की सही हो जाने पर ये रुपये दर्ज कर दिये जाएँगे।”

खजांची खुश हो गए। कहा, हाँ, ऐसा हो सकता है। लेकिन वहाँ भी लगाव होगा ।”

“राज्य रानी का भी है, लगाव सबसे है, जो उनका काम करेंगे, उन पर वे मिहरबान रहेंगी।”

“अच्छी बात है; अब कुल कार्रवाई कर ली जाएगी, लेकिन अकाउंटेंट समझ जाएँगे।”

“कौन समझेगा, कौन नहीं, इसकी चिन्ता व्यर्थ है।”

“यह भी ठीक। हमें क्या मालूम, कौन-कौन नेक नज़र पर हैं।”

मुन्ना खजांची की नुकीली दाढ़ी देखती रही। खजांची ने खुश होकर रास्ता पकड़ा।

20

यूसुफ के पीछे तीन आदमी लगाए गए। होटल में यूसुफ ने कलकत्ते के एक मित्र का पता लिखाया था। रात को प्रभाकर अपने मित्रों की तलाश में बाज़ार में गए। पालकी के अन्दर बैठे रहे। पालकी के दरवाजे बने ॥ दिलावर ने साथियों के साथ यूसुफ का पता ला दिया। बाज़ार के लोगों पर राजा के लोगों का प्रभाव था। जिस कमरे में सामान था, उसमें प्रभाकर के साथी नहीं मिले। प्रभाकर लौटे। अतिथिशाला के कमरे में आकर पूछा, "बाजार में रहने के कितने होटल हैं?"

दिलावर ने कहा, "सिर्फ तीन।"

"और कोई रहने की जगह है?"

"और रण्डियों के मकान हैं।"

निश्चय करके प्रभाकर ने पूछा, "क्या नाम इस आदमी ने लिखाया है?"

"शेख नजीर।"

कलकत्ते का पता दिलावर ने लिखा लिया था। प्रभाकर ने कहा, "सावधानी से इस आदमी का पीछा किया जाना जरूरी है। वहाँ तीन आदमी जाएँ। एक पहले ही उस पते पर पहुँचे। साथ वकील और पुलिस का अच्छा आदमी, कम-से-कम इंस्पेक्टर होना चाहिए। हम चिट्ठी देंगे, वकील आदमी ले लेगा। इस पते का आदमी अगर यह नहीं, तो वह मिलेगा। इसके पहुँचने के पहले वहाँ पहुँचना चाहिए। यह भी बाद को वहाँ जाएगा, और यह कहेगा कि वह स्वीकार कर ले कि वह यहाँ आया। तुम समझे?"

"हाँ, लेकिन अगर कहकर आया होगा तो सब-का-सब गुड़-गोबर हो जाएगा। बड़ा नीचा देखना होगा। वह इसी का नाम बतलाएगा, या नहीं मिलेगा। यह सरकारी आदमी है, वह भी होगा। इस तरह न बनेगा। अभी आप कच्चे हैं बाबू। हम होटलवाले से कह आए हैं, कल वह इनसे इनके एक रिश्तेदार का नाम पूछेगा, अपने मन से पूछेगा, जैसे साले का नाम या मामू का या मौसी का। इन्हें जवाब देना होगा, अगर जवाब न दिया तो कहा जाएगा कि ये राजा के सिपुर्द

किए जाएँगे। ये गलत नाम बतलाएंगे। इस तरह यहीं गवाही पक्की हो जाएगी। फिर कलकत्ते का हाल मालूम कर लेंगे। राजा भी सरकार के हैं। अगर इन्होंने बात न मानी तो इनसे इतने सवाल किए जाएँगे कि होश फ़ाख़्ता हो जाएँगे।"

दिलावर की बातों से प्रभाकर को खुशी हुई। सिर झुका लिया। कहा, "आप लोगों से बहुत कुछ सीखना बाकी है।" मन में कहा, 'काम उस तरह भी पक्का था, झूठ से कहाँ बचाव है?'

"बाबू, आपकी शराफ़त के हम कायल हो गए। आप हमें अपने आदमी मालूम होते हैं। हमीं आपके साथ रहेंगे। छोटी-सी तनख्वाह में ऐसी गिरह लगानी पड़ती है, नहीं तो लोग बिना शहद लगाए राजा को चाट जाएँ। अब आप आराम कीजिए।"

प्रभाकर लेटे। रात का तीसरा पहर बीत रहा था।

सवेरे होटलवाले ने यूसुफ से एक रिश्तेदार का नाम पूछा। यूसुफ चौकने हुए। मगर मामला तूल पकड़ जाएगा सोचकर अपने रिश्तेदार का नाम बतलाया। होटलवाले है। वे यूसुफ के दस्तखत कराये। यूसुफ ने बिगाड़कर दस्तखत कर दिये। फिर कलकत्तेवाले जहान के लिए रवाना हुए। खबर लेकर उनके पीछे तीन आदमी लगे। बहुत से यात्री थे। उन्हें मालूम नहीं हो सका, कौन उनकी गर्दन नाप रहा है।

कलकत्ते में उतरने के साथ उन्होंने अपने नाम के साथ जो पता लिखा था, उस पर पहुँचने के लिए एक आदमी तीर की तरह छुटा। पहले दरजे की बग्घी किराए की की और जल्द चलने के लिए कहा। उसके दो साथी, रास्ते पर यूसुफ को तीसरे दरजे की टूटी बग्घी ठहराते हुए देखकर, पूछताछ करने लगे, "कहाँ जाना है जनाब कहाँ से तशरीफ़ ले आए?" मतलब जवाब लेना नहीं, रोके रहना था। यूसुफ सस्ते भाव चढ़ना चाहते थे, जल्दबाजी नहीं की। एक बग्घीवाले से तय न हुआ, दूसरे के पास चले।

आगन्तुकों ने स्थान का नाम न सुना था। जरा देर करके आए थे। वे दूसरे के पास गए, साथ-साथ यह भी गए।

यूसुफ ने कहा, "तालतला?"

"हाँ, बाबू।" बग्घीवाले ने जवाब दिया।

"क्या लोगे?"

"डेढ़ रुपया।"

"वह क्या है थोड़ी दूर पर। डेढ़ रुपया बहुत है। ठीक-ठीक बतलाओ।"

"अरे साहब, हम भी साथ हो जाएँगे, क्या बुरा है? तय कर लीजिए। आप बड़े हो आदमी हैं। पीछे बैठिए। हम आगे, पिछड़े रहेंगे। आधा आप दीजिए, आधा हम।"

बात यूसुफ को जैच गई। पूछा, "आप लोग भी वहीं चलेंगे?"

"जी हाँ," एक ने कहा, "कुछ दूर और चलना है। पैदल चले जाएँगे।"

"कहाँ से आ रहे हैं?"

"उलूबड़िया से।"

एक साथी मुसलमान था। यूसुफ मान गए। गाड़ी तय की। सवा रुपये की ठहरी। तीने बैठे। मुसलमान दोस्त असल में हिन्दू था, फ्रेंचकट दाढ़ी रखाये हुए। चुपचाप बैठ रहे। गाड़ी चलती गई।

पहले के गए हुए आदमी ने राज ले लिया। यूसुफ उससे कहकर नहीं गए। बतलाने जा रह थे। राज लेकर और यह कहकर, "आप फँसाये गए हैं, अपने किसी दोस्त से, उन्होंने अपने नाम की जगह आपका नाम लिखाया है और किसी मामले में फँस गए हैं। अगर आप हमारे पूछने का राज उन्हें में दीजिएगा, वे कहाँ गए थे, क्यों गए थे, किससे किससे मिले थे, आगे का क्या इरादा है, उनसे दोस्त की हैसियत से मालूम करके हमें बतला दीजिएगा, तो बच जाइयेगा, कुछ फ़ायदा भी होगा, वे कोई हो, एक आदमी हैं, अपने को पहले बचायेंगे। सरकारी आदमी खासतौर से आपको फंसा देंगे और खुद पर मारकर अलग हो जाएँगे। याद रखियेगा। हम आपसे फिर मिलेंगे।" यह कहकर वह आदमी अलग हो गया। दूर चलकर खड़ा हुआ। बातचीत हो चुकी थी कि यह आदमी अगर उधर जाएगा तो पीछा करनेवाले साथी दो घण्टे के अन्दर उस जगह पहुँचे जाएँगे। यह साथी दो घंटे तक प्रतीक्षा करेगा। यह पढ़ा-लिखा मुसलमान था।

यूसुफ तालतल्ले पहुँचे। गाड़ी रोकी। दोनों साथी आधा दाम देकर उतर पड़े और सलाम वालेकुम करके चल दिये। तीसरा साथी प्रतीक्षा कर रहा था। तपाक से मिला। पूछा, "वह कहाँ हैं?"

"साथ आया है।" एक ने कहा।

"राज मिल गया।" "फँस जाएगा?"

"अब इसको कौन छोड़ता है?"

"यहाँ जड़ जमानी पड़ेगी? एक ने पूछा।

"गुंजाइश है?"

"मानी बात है।" उस मुसलमान साथी ने कहा।

"बहुत।" पहलेवाले ने कहा।

"तुम्हारी किस्मत खुल गई।"

"मुमकिन, गहरी रकम हाथ आए।"

21

"भाई नजीर।" यूसुफ ने पुकारा।

नजीर बैठे थे। अभी ही फ़ुर्सत मिली थी। सोच रहे थे। कहनेवाले आदमी की बात पक्की मालूम हो रही थी। घबराये भी थे। ग़रीब थे। यूसुफ की दोस्ती से फ़ायदा २ हुआ था। कटने की ठान ली। आवाज़ पहचानकर उठे। दिल से नफ़रत थी, मगर मुस्कराहट से होंठ रँग लिए। थानेदार की निगाह से निगाह भी नीची रखी।

"अस्सलामवालेकुम"

"वालेकुम अस्सलाम।"

"भाई, तुम्हारा नाम एक जगह लिखाया है।"

"किस जगह?"

"तुम पुलिस से राज लेने लगे।"

"क्या हमसे पूछा गया?"

"यह बातचीत तो पहले हो चुकी है।"

"इसका यह मतलब नहीं कि हम ख़ुदा के लिए मुसलमान न रह जाएँ।"

"इस दफे के लिए मान जाओ।"

"आप पूरा-पूरा हाल बयान कीजिए, वरना..."

"वरना?"

"हाँ।"

"वरना आप सरकार से बदला चुका लेंगे।"

"नहीं चुकवा लूँगा।"

"तुम तो बहुत बिगड़े।"

"बात भी कोई बनाई।"

"बात तो बनाई?"

"बातें बनाते हैं।"

"अच्छा तो जो जी में आए कर लो।" कहकर थानेदार साहब ने नकली ठहाका लगाया।

"मैं मज़ाक नहीं कर रहा।"

थानेदार साहब गर्म पड़े। कहा, "ऐसा भी होगा कि हम तुम्हारा दिल देख रहे हों और अस्लियत कुछ हो ही नहीं।"

"मुमकिन।" नजीर के स्वर में निवेदन न था।

"अच्छा तो आखिरी बात। अगर आप नहीं मानें तो आज ही आपका चालान करा दूँगा।" नजीर घबराये। कहा, "हमारी बात और हमें मालूम भी न हो, क्या तमाशा है।"

"अच्छा तो आप तैयार रहिए।"

"आप भी तैयार रहिए।"

थानेदार घबराये। अजीजी से कहा, "पुलिस राज दे देती है तो उसका बल घट जाता है। काम हासिल नहीं होता। आप मान जाइयेगा तो वक्त पर मीठा फल खाने को मिलेगा। नहीं माने तो हाथ मलते रह जाइयेगा।"

"पर हमें मालूम कर लेना है।"

यूसुफ हार गए। कहा, "हम एक जगह गए थे, जहाँ आपका नाम हमने लिखाया है।" फिर न बताया।

"कहाँ गए थे?"

यूसुफ ने एक दूसरी जगह का नाम बताया। कहा, "सरकारी काम था।"

"आप ऐसा कहते हैं तो हमारी छाती दूनी हो जाती है। फिर?"

"फिर और कुछ नहीं है। यह याद रहे कि तुम्हारे मामू के तीन लड़के हैं, यह भी लिखाया है।"

"मेरे तो मामू ही नहीं। ख़ुदा के फजल से अब्बा जान के सालियाँ चार थी, साला एक भी नहीं।"

"आपको हम बचाये हुए हैं, यह आप समझे या नहीं?"

"हाँ, यह तो है।"

"और आप नहीं गए, यह भी साबित है।"

"हाँ यह भी।"

"आपको ज़िल्लत गवारा करनी पड़ी, इसका हमको अफ़सोस है।"

नजीर सिर झुकाये खड़े रहे। यूसुफ गाड़ी खड़ी करके आए थे। उधर को चले। विचार में नजीर को सलाम करने की याद न रही।

गाड़ी तय करके यूसुफ बैठे। गाड़ी चली। कुछ दूर पर एक दूसरी गाड़ी किराए पर ली हुई थी। कुछ फासले से पीछे लगी वह भी चली।

यूसुफ के चले जाने पर नजीर के पास वही पहला आदमी गया। बुलाकर पूछा। नजीर ने दीन भाव से कहा कि यूसुफ की उनसे तनातनी हो गई है, उन्होंने बतलाया नहीं, जो कुछ कहा-यह-वह करके, वह थानेदार हैं, उनसे जान-पहचान है, दूर के रिश्ते में आते हैं।

आगन्तुक ने कहा, "आप हमारे आदमी हैं। इन्होंने आपको फँसा दिया है। हम आपको बचा लेंगे। कुछ रुपये भी देंगे। बाद को काम निकलने पर और मदद करेंगे। अभी आप एक चिट्ठी लिख दीजिए कि आपका यह नाम है, यह वल्दियत, इतने मामू हैं, और इसके इतने लड़के-यह यह।"

नजीर ने, बात पक्की है, सोचा। ग़रीब थे। रुपये मिल रहे थे। दवात-कलम लेकर कुल बातें सामने लिख दीं।

आगन्तुक ने उन्हें पच्चीस रुपये दिये। नजीर हर तरह से उसके आदमी बन गए। यूसुफ का पूरा-पूरा हाल आगन्तुक को मालूम हो गया-वह कहाँ रहते हैं, उनके वालिद क्या करते हैं, आजकल क्या रुख है, किस कार्रवाई में लगे हैं।

आगन्तुक वहाँ से राजा की कोठी आया। उसके साथी भी आए। उन्होंने घर का पता और बाप का नाम मालूम कर लिया था। सामने के पानवाले ने बतलाया था, दोनों जगहों की बातें मिल गईं। लोग खुशी-खुशी टहलते रहे। अली को देखा। अली ने पूछताछ शुरू की। लोगों ने कहा, "बर्दवान से आए हैं।"

अली ने पूछा, "बर्दवान में सुदेशी का आन्दोलन कैसा है?"

"कौन सुदेशी?" एक ने पूछा।

"यही जो सरकार के ख़िलाफ़ बमबाजी हो रही है।"

"आप अखबार तो पढ़ते होंगे?"

"हाँ, हमने कहा..."

दूसरे ने कहा, "बमवाले हैं।"

"कौन?" अली ने कहा, "हमारे साहबजादे थानेदार हैं।"

तीसरे ने कहा, "हमारे मामू के साले के ससुर इंस्पेक्टर हैं।"

प्रभाकर को जहाँ रखा है, उसी कोठी का पिछला हिस्सा है। दूसरी तरफ बुआ रहती थीं। प्रभाकर के दोमंजिले की छत, दूसरे छोर तक, बरगद और पीपल की डालों से छायादार है। भीतर, कोठों में अंधेरा। इतना प्रकाश कि काम कुल हों। खुली तरफ खिड़कीवाला बाग। दूसरे किनारे मर्दों के लिए बड़ा जलाशय, गहरा, मछलियों की खान। किनारे नारियलों की कतार। दूसरी पर, आम, जामुन, कटहल, लीची, नारंगी, शहतूत, फालसा, बादाम, रक्तचंदन आदि के पेड़। कहीं-कहीं गुलचीनी, गन्धराज, अशोक, हींग, अनार, गुलाबजामुन, योजनगन्धा।

खुली, हवादार खिड़कियों के एक बग़ल पलंग बिछा है, मशहरी लगी है। एक बड़ी मेज लगी है; काठ की; मगर अच्छी, कई कुर्सियाँ चारों ओर से रखी हैं। दो आलमारियाँ हैं, जिनमें सामान कपड़े और किताबें हैं। भीतर, दूसरी खमसार के रूप, बड़ी बैठक है। बत्ती से ही उजाला होता है। वहाँ प्रभाकर साथियों के साथ काम करता है। बैठक की दूसरी दीवार अकेली है, बड़ी खिड़कियाँ लगी हैं, खोल दी जाएँ तो गुप्त कार्य दिखें, लेकिन पेड़ों की घनी छाँह है। फिर भी काम चल जाए, दिये जलाने की दिक्क़त न रहे, पर डाल पर चढ़े अजनबी से दिख जाने की शंका, प्रभाकर खिड़कियाँ बन्द रखता है। जीने की तरफ़ के पहरे से, एक दूसरे आँगन के बरामदे से आने-जाने का रास्ता है। प्रभाकर के कमरे के छोर से तालाब को निकलने का एक बाहरी जीना है। पहले नीचे और ऊपर के दरवाजों में ताले पड़े रहते थे; लोहे के पात जड़े बाहरवाले और काठ के भीतरवाले में। यह उसका एकान्त रास्ता है। घिर जाने पर पहरेवाले जीने से उतरने का दूसरा रास्ता है, फिर कई तरफ़ फूटी दालानें आँगन से आँगन को चलनेवाली है।

वास निर्जन। निकलने और पैठने की राहें प्रभाकर देख चुका। सरोवर के दूसरी ओर मर्दाना बाग है, जिसमें तीन हजार पेड़। गढ़ की दीवार के दूसरी तरफ गाँव का रास्ता निर्जन। और भी राहें हैं। इससे वह एक रोज बाहर के लिए निकल चुका है। रासपुर, बड़ा गाँव, केन्द्र है, चर्खे और करघे का काम होता है, जनता और जुलाहों में प्रचार भी। सभी कमकरों का दिल बढ़ा हुआ। स्वदेशी प्रचार के

गीत गाते हुए। काम करते हुए। प्रभाकर का व्याख्यान हुआ। निरीक्षक जैसे गए थे। बहुत-से दूसरे केन्द्र गए। फिर कलकत्ता चलने का बहाना बनाकर लौटे और रात को अपने प्रासाद-वास पर आए।

बंगाल और सारे देश में आन्दोलन की चर्चा है। सैकड़ों कर्मी प्रान्त में फैले हुए। संगठन और व्याख्यान और काम करते चले। विदेशी का बहिष्कार जोरों पर। जगह-जगह 'युगान्तर' की छिपकर बातें। सुरेन्द्रनाथ और विपिनचन्द्र के व्याख्यानों की तारीफ़। अखबार रँगे हुए। 'वन्देमातरम' का पहला समस्वर आकाश को चीरता हुआ। गीत; भिन्न कवियों गायकों के भी संगठन, काम; दिन-रात काम; एक लगन।

प्रभाकर नहाने चला। सरोवर पर पक्के घाट हैं, लम्बान की दोनों पंक्तियों के बीचोबीच दूसरा घाट निकट है। एकान्त रहता है। कोठी के पिछले छोर से दूसरी तरफवाला घाट निकट पड़ता है। प्रभाकर उसी में नहाता है। कोठी के सदर फाटक के बग़ल में सरोवर का राजघाट है। उसमें लोग आते-जाते हैं। दोनों घाटों के चारों ओर मौलसिरी के पेड़ लगे हैं और काफ़ी पुराने हो चुके हैं। बड़ी घनी छाया है। वैसी ही ठण्डक भी।

प्रभाकर ने डुबकियाँ लगाकर स्नान किया। भीगे अँगोछे से बदन मला। हाथ-पैर रगड़े। कुल्ले किए। कुछ तरा, कुछ खेला। इधर-उधर के दृश्य देखे, पानी से भीगो पलकों से कैसे दिखते हैं। फिर निकलकर धोती धोयी और निचोड़कर, गीली धोती और तौलिया लेकर चला।

23

खजांची खुदाबख्स, मुन्ना और जटाशंकर के पेट में पानी था। तीनों ने बचत सोची। तीनों के हाथ में पकड़ है।

जटाशंकर से मिलने का वक्त आया। खजांची कलकत्ता और राजधानी एक किए हुए हैं।

दुपहर का समय। किरणों की जवानी है। हरियाली का निखार। मुन्ना कोठी के बालवाले रास्ते से गुजर रही है। रुपया रखा है, दूर से निगरानी रखती है। कई दफे वह अँधेरी कोठरी देखती है। सदर की तरफवाले घाट के बग़ल से, किनारे-किनारे जो सड़क दूसरे घाट को जाती है, उसी पर टहलती हुई। प्रभाकर को दूसरे किनारे से कोठी की तरफ़ चलते फिर कोठी के भीतर चले जाते देखा। पेड़ों की आड़ है और सिंहद्वार से दूर है। अन्दर-महलवाली दासी के लिए कोठी के दूसरे किनारे तक बढ़ जाना अन्देशे के वक्त, स्वाभाविक है। उसकी प्रभाकर पर नजर पड़ी कि तेजी आई। चौकन्नी हुई। अपने में पूछा। किसी को उधर से जाते नहीं देखा। वहाँ जीना है, नहीं मालूम। कभी गई नहीं। कोठी का उधरवाला हिस्सा नहीं दिखा। प्रभाकर को किनारे से भीतर जाते देखा।

खजांची अभी नहीं आया। आएगा, कुछ ठहरकर चलेगी, राह पर मिलेगी। पूछना और काम लेना है। छिपी भी है देखती भी है। यहाँ से सिंहद्वार और वह रास्ता नहीं दिख पड़ता। अनुमान है, वक्त पर लौट पड़ेगी। सजग है- खजांची लौट न जाए।

खजांची बेचैन हैं। घटना घट चुकी। बीजक जमादार के हाथ पड़ा। परदाफाश हुआ। बंध गए। सरकारी आदमी की शरण ली। काम कर रखने की ठानी। एजाज़ से बातचीत करानी है। राज लेना है। निचले वर्ग की औरत से मदद चाहिए। मुन्ना आँख के सामने आई। सहारा मिला। आखिरी हिम्मत बाँधी कि इस जाल से छूट जाएँ। सरकार की शिरकत के ख्याल ने पाया जमाया।

जटाशंकर से मिलना आवश्यक है, खजांची यथासमय आए। खजाने की तिजोरियाँ खोलीं, बीजक देखे। जटाशंकर भी खड़े हुए देखते रहे। चपरासी के

सन्दूक बन्द करने पर खजांची से जटाशंकर ने पूछा, "ठीक है?"

"ठीक है।" गंभीर अप्रसन्नता से खजांची ने कहा। जटाशंकर सिपाही की गवाही तैयार कर रहे हैं। दोस्ती रही। लेकिन बीजक छिन गया है। बस नहीं। फँसे हैं। बचकर चले। जमादार काम ले गए, खजांची से उतरते-उतरते न सहा गया। कहा, "जमादार, क्या यह गवाही अलग से पेश होगी?"

सिपाही समझ गया। पूछा, "कैसी गवाही?" बातें इधर-उधर सुन चुका था। ख़ज़ाने की बातचीत ने जड़ जमा दी। खजांची के सामने सिपाही ने कहा, "मैं समझ गया।"

तेज पड़कर खजांची ने कहा, "नहीं सुना?"

हमने कहा, "ठीक है।"

"बादवाली बातें भी?" सिपाही ने फिर सवाल किया।

जमादार ने कहा, "हम सधे होते तो पूछते क्यों? सवाल मत करो।"

मगर सिपाही का भूत न उतरा, शंका समाधान न हुआ। छुटकारा भी न था।

खजांची ने निकलते हुए धीरज दिया, सब लोग एक ही राह से गुजरेंगे। जहाँ आपकी गवाही होगी, वहाँ हम भी होंगे।

सिपाही खड़ा रहा। जमादार और खजांची साथ निकले। रास्ते रास्ते निकल गए। सिंहद्वारवाले घाट से कुछ फासले पर एक कुंज में बातचीत करने लगे। मुन्ना ने देखा। छिपकर बातचीत सुनने के लिए, रास्ते के किनारे की मेहंदी की बेड़ों से बचती हुई पास पहुँची। खजांची से मिलने का मुकाम कुछ आगे है। जटाशंकर की नाड़ी छूट रही थी। पूछा, "क्या ख़बर है?" खजांची ने कहा, "अभी दो रोज़ मत बोलो।"

"तब तो हमारी नौकरी चली जाएगी।"

"तब और नहीं बचेगी। पहले की बातें भी हमसे बताओ।"

"आप यह बताइए कि आगे की कार्रवाई क्या होगी?" जटाशंकर ने पूछा।

मुन्ना समझ गई, इन दोनों का मेल मिल चुका है। कारण समझ में न आया। जमादार के रिपोट करने के विचार से डरी। पर जमी बैठी रही।

"अभी कुछ नहीं कहा जा सकता, जमादार।" खजांची ने लाचार होकर कहा।

"अब हमारे मान की बात नहीं।"

"जमादार, सिर्फ़ इस कोठे का धान उस कोठे गया है। दबा जाओ।"

"दबा कहाँ से जाएँ?"

जमादार रिपोट न कर दे, इस डर से मुन्ना निकली। मिलने की ठानी। मेहंदी के किनारे से सड़क पर आ गई।

एकाएक उसके पहुँचने पर दोनों त्रस्त हुए। उसने कहा, सिपाही की ओर से मेरी गवाही होगी।

खजांची सकपका गया। जटाशंकर अपने बीजक की ढाल से तलवार झेल जाने को तैयार था। मुन्ना ने कहा, "मेरा हाल दोनों को मालूम है। हम तीनों का मिलना था। क्योंकि रानीजी हैं। रानी और राजा मिल गए। रुपया हमी लोगों में है, हमीं लोगों का है। मिल्लत से चलना है, क्योंकि हमको बचना है। सिपाही को हम समझा लेंगे। क्या कहते हो जमादार?"

जमादार का बीजक-बल घट रहा था। चुपचाप खड़े थे।

मुन्ना ने सोचा, परदाफाश हुआ तो बुरी हालत होगी, रिश्वत दे दी जाएगी तो अभी मामला दबा रहेगा। कहा, "रानीजी जल्द आजकल में रुपया देनेवाली हैं। आप लोग रानी के तरफदार रहिये। यह काम इसीलिए किया गया है। राजा के कान में बात पड़ जाएगी तौ बाँसों पानी चढ़ेगा। मामला बहुत बढ़ेगा। नौकरियाँ जाएँगी। पुलिस के हाथ गया तो सज़ा की नौबत आएगी। हमीं लोग बँधेंगे। रानी और राजा को कुछ नहीं होगा। संगठन रहेगा तो मजे में चलेंगे, क्या कहते हैं?

"इससे अच्छी और कौन-सी बात है?"

जटाशंकर ने भी खजांची की बात दुहरायी।

मुन्ना ने कहा, "जमादार, अब तुम चलो, उस सिपाही से मैं बातचीत कर लूँगी। यह बात हम तीनों की रही। रानी साहिबा से तुम मिल नहीं सकते।"

जमादार चलने को न हुए, फिर कुछ कहना चाहा, मुन्ना ने बीच में खुलकर कहा, "अब चलो जल्द, यह मालूम नहीं- ये रानी साहिबा के क्या हैं और होंगे?"

जटाशंकर चले। रास्ते पर सोचा, 'राजा को बीजक लेकर न दिखायें। पहले का हाल कहना होगा; नहीं मालूम, मामला पल्टा खाए। जाने दिया जाए।'

24

खजांची और मुन्ना पीपल के पास गए। खजांची ने गंभीर होकर कहा, “जब कि हमने काम कर दिया है, एक काम हमारा तुम कर दो या रकम वापस करो। अब बात दो की नहीं रही। मुन्ना, “कौन-सा काम है?”

“पहले हम बता दें, तुम्हारा हमारा फ़ायदा कहाँ है। हमको नहीं मालूम, रुपयों का तुमने क्या किया। यह बता सकते हैं कि जिनकी वजह इतना रुपया निकाल सकती हो, उनसे सरकार बड़ी है, वहाँ से और फ़ायदा उठा सकती हो। अगर हमारी बात पर न आईं तो मजबूरन यह राज सरकारी आदमी को देना होगा। नहीं तो बचत नहीं। जिसके पास रुपया है, चोर साबित होगा। सरकार आसानी से पता लगा लेगी, रुपया रानी के पास है या नहीं। अगर न निकला तो तुम्हारा क्या हाल होगा, समझ लो। इस मामले को लेकर सरकार के पास हमारे जाने के यही मायने होते हैं कि हमारा कुसूर नहीं, ताली चुरायी गई।”

“यह कौन कहता है कि नहीं चुरायी गई, कहो मैं भी कहूँ, हाँ, लेकिन मैंने चुरायी, यह तुम्हें कैसे मालूम हुआ? कैसे कहोगे, फलाँ ने चुरायी? सुनो, तिजोड़ी के फिर से खुलने का सुबूत गुजर चुका है। इतने उड़ाके न बनो। तुम नप चुके। मेरी मानो, रानी की पकड़ है और तुम्हारी-बचत के लिए सरकार की। क्या रानी अपना सत्यानाश करा लेंगी? तुमसे पहले यहाँ दगेगी। यहीं रहना है। इस आग से सारा खानदान जल जाएगा। फिर, मायने रहने पर वह हासिल हो सकता है। रुपये खैर मिलेंगे ही। काम भी सँवार दिया जा सकता है।”

“यह सही है, पर तुम्हारी भी पैठ होगी और ऐसी जो हमसे नहीं हो सकती। सरकार की तरफ़ से उधर की बातें तुम्हीं से ली जाएँगी। तुम्हारे सीधे तल्लुकात होंगे। सिर्फ़ यह कि यह काम हमसे सुनकर तुम्हें करना है, फिर हम सरकार के आदमी से तुम्हारा हाल कहेंगे: वहाँ का कोई तुमसे पूछेगा। सम्बन्ध हो जाएगा।”

“इस तरह सम्बन्ध नहीं होता। वह कौन-सा काम है?”

"एजाज़ से कुछ पूछना है।"

"हाँ!"

"हमारा फ़ायदा है। यह तुम्हारी समझ में आ जाए तो गुल खिल जाए। तुमसे तुम्हारे आदमी उठेंगे। तुम्हें यहाँ से कहाँ तक बढ़ना है। जमींदार तुम्हारे-हमारे आदमी नहीं। हम मुसलमान पहले ऐसे थे जैसे अँगरेज। अब रैयत की रैयत है। माली हालत हमारी-तुम्हारी एक है। सरकार बंगाल के दो टुकड़े कर रही है। इससे तुमको और हमको फ़ायदा होगा। यहाँ-जमींदार की जड़ हिलेगी, यानी रैयत को फ़ायदा होगा। इस काम में सरकार की मदद करनी है।"

मुन्ना पर असर पड़ा। जिससे जाति-भर का भला हो वह काम सरकार ही कर सकती है। जाति-प्रथा की सतायी मुन्ना का कलेजा डोला। जब्त किए खड़ी रही, चपल अपढ़ औरत। फँसकर कहाँ तक बहती है, देखने की उमंग आई। पूछा, "एजाज़ से क्या पूछना है?"

"एजाज़ से आजकल में मिलकर पूछ लो, क्या हालात हैं? लौटकर जवाब दे जाओ।" मुन्ना सहमत हुई। खजांची मन में सोचता हुआ बढ़ा कि रुपये रानी को दिए गए या नहीं।

25

डाल के सैकड़ों हाथों ने मुन्ना पर फल रखे। चली जा रही थी, पराग झरे, भौरे गूँजे। तरह-तरह की चिड़ियों की सुरीली चहक सुन पड़ी। दुपहर के सन्नाटे के साथ मौसम की मिठास। फिर प्रभाकर याद आया। दूर से घुसते देखा है। कोठी में रहता है। कौन है? मुन्ना धीरे-धीरे वहीं चली। कोठी की बहाल से जानेवाला रास्ता सुनसान रहता है। आदमी इक्के-दुक्के। मुन्ना जीने के पास खड़ी हुई। जहाँ से आए थे वहाँ के लिए अनुमान किया, और घाट की तरफ चली नजर उठाकर इस हिस्से की बनावट देखती हुई। बुआवाले बाग के सामने दोमंजिला है। निकलने का दूसरा जीना है। बाग में जाने का जीना नहीं। उसी राह जाना पड़ता है। नीचेवाली मंजिल में पुरानी चीजें कुफ्ल में रखी हैं। कोई राह नहीं। एक अँधेरी कोठरी है, एक तरफ़ का दरवाजा टूटा है। उसको बाग का हिस्सा समझ सकते हैं। तालाब के किनारे की कोठी उसने नहीं देखी! यों बहुत-सा हिस्सा नहीं देखा। बागीचे की तरफ़ खुले कमरों को देखकर लौटी। उसको जान पड़ा, सुनसान दिखता है। रहने की आहट नहीं मिलती।

रहस्य से मुस्कराकर सिंहद्वार लौटी। जमादार बैठे थे। मुन्ना को सुनाकर कहा, “देखो, रघुनाथजी की क्या इच्छा है।”

“हम अभी आते हैं।” मुन्ना ने कहा, “बस, आज रानीजी का बदला चुका लिया जाए।”

“कैसे?” षड्यन्त्रवाले की आवाज़ से पूछा।

“अभी आती हूँ, उसको चाहते तो नहीं?”

जमादार सन्त हो गए। मुन्ना ने जरा रुककर पूछा, “हम हों या वह?”

“तुमको कौन पाता है? तुम्हारी चल रही है।”

“फिर उसकी तरफ़ लपकना मत।”

“अच्छा, चली आ।”

मुन्ना घूमी, "सिपाही भगता नहीं, जीत की जगह है लेता है। हमारी हो, तो अपनी गरदन नपाये देते हैं।" ड्योढ़ी की ओट में खड़े जटाशंकर ने कहा।

प्रेम की आँखों मुन्ना ने देखा।

"हम राह देख रहे थे। बता दो, कितने की चोरी हुई?"

"पाँच लाख की।"

"गलत है।"

मुन्ना ने जटाशंकर को देखा। जटाशंकर हाथ पकड़कर कागजात के कमरे में ले गए। देर तक बातचीत की। हाल समझकर रुपये बताकर बीजक दे दिया। दोनों के गहरे सम्बन्ध हो गए।

26

मुन्ना की निगाह नीली हो गई, चाल ढीली। चलकर महलवाले भीतरी तालाब में अच्छी तरह स्नान किया। गीली धोती से निकलकर बुआ के कमरे में गई। एक बज चुका था। चुन्नी फर्श पर चटाई बिछाकर दुपहर की नींद तो रही थी। मुन्ना की थाली चूल्हें पार रखी हुई। भोजन करके चटाई बिछाकर लेटी। आँख लग गई।

जब उठी, चुन्नी काम कर रही थी। बुआ लेटी हुई थीं। बग़ल की दूसरी कोठरी में मौसी बैठी हुई खाने का मसाला तैयार कर रही थीं।

मुन्ना कुछ नोट ले आई। बरामदे पर गिने। दस और पाँच रुपये के पहचानती थी। ये थोड़े थे। जटाशंकर को एकान्त में बुला ले गई और कहा, "आज ही सिपाही इकट्ठे कर लेने हैं, बाजार चले जाओ, पुलिस के साफेवाला कपड़ा ख़रीद लो। सबको सिपाहियों की तरह पेश करना है कि बाहर के पहरेवाले न पहचान पायें। पहले रानी का बदला। राजा से एक जवाब तलब करा लूँ, फिर खजांची की खबर लूँ।"

"उससे क्यों तन गईं?"

"कट गया। फिर फाँसा। मैं फँसी। इसका काम करना है। मगर अकेली रही तो इसको अपने रास्ते न ला पाऊँगी। तुम्हारी मदद पार कर सकती है। तुम हमारा हाथ न छोड़ो, तुमसे दिल टूट चुका था। मगर तुमने, डराकर भी बाँध लिया। इस मामले में हम अकेले थे, अब दो-दो हैं। भेद किसी दिन खुलेगा, तब तक बच निकलना है, या पुख्ता सूरत निकाल लेनी है। तुम हमसे मिले, खजांची से भी हमारा खजांची का यही हाल। हम एक-दूसरे को फाँसना भी चाहते हैं। खजांची सरकार की मदद लेगा।

"पहले हमको भेद बतला दिया होता?"

"तो न उधर का फँसना होता, न इधर का।"

"अब तो सारा संसार फँस गया।"

"नहीं तो मतलब नहीं गठ रहा था।"

"रुपये रानीजी के पास नहीं, यह टेढ़ा है।"

"टेढ़ा हो, सीधा, बचत न थी अगर तुम बीजक रख लेते।"

"कहो, बचत के लिए दे दिया।"

"नहीं, मर्दानगी के लिए।"

27

मुन्ना बुआ के पास गई। बुलाकर बाग़ ले गई। सूरज नहीं डूबा। पेड़ों पर सुनहली किरणों का राज है। तेज हवा बह रही है। बुआ का शानदार आँचल उड़ रहा है। मुन्ना सिपाही या फौजी हिन्दुस्तानी औरत की तरह दोनों खूँट कमर में खोंसे हुए है। अनानास के झाड़ की बग़ल में मौलसिरी का बड़ा पेड़ है, तने के चारों ओर कमर-भर ऊँचा पक्का गोल चबूतरा बँधा हुआ है। दायीं ओर कुछ दूर तालाब, पीछे और बायीं ओर ऊँची चारदीवार, सामने कोठी; वही जगह जहाँ प्रभाकर रहता है। मुन्ना देर तक बैठी हुई बरामदे पर आँख गड़ाये हुए बुआ को फूल-पत्तियों की बातचीत में बहलाये रही। प्रभाकर के बरामदे पर एक चिड़िया न दिखी। बुआ से उसने कहा, "कैसा समय है?"

"बहुत अच्छा।"

"क्या चाहता है जी?"

"बहुत कुछ।"

"सबसे पहले क्या?"

"हमको लाज लगती है। हमारा जी कुछ नहीं चाहता। जब भाग फूट गया, तब चाह कैसी?"

"यह तो हमारे लिए भी है। लेकिन न जाने क्यों, चाहना पड़ा, भाग को जगाना पड़ा।

बुआ का ब्राह्मणत्व जोर मारने को था, मगर संभल गईं। कहा, "जैसा कहा जाता है, वैसा करती ही हूँ।"

"हमको रानीजी की हैसियत से कहना पड़ता है। तुम यह समझ चुकीं कि पीछा नहीं छूटता। तुमको ऐसा करना चाहिए कि पीछा छुड़ाकर मर्द भगे।"

"अच्छा नहीं जान पड़ता। परमात्मा के घर जाना है। जी को बेपर्दगी पसन्द नहीं। लाज बड़ी चीज़ है। दूसरा जबरदस्ती खोलता है तो बचाव की जगह रहती है।"

"तुमने दिल दे दिया। यह दिल मर्द को न दो। लेने लगोगी तो मालूम होगा कि वह तुम्हारा नहीं। या तो वह तुम पर है या तुम उस पर। आज तक मर्द को ही तुमने अपने ऊपर पाया होगा। अब उल्टा नज़र आएगा। बचत की और जगह मिलेगी। मर्द झुका रहेगा।"

बुआ को बल मिला। पूछा, "क्या मर्द के पीछे लगना होगा?"

"हाँ, और वह इतना बड़ा मर्द है कि यहाँ उससे बड़ा मर्द नहीं।"

"वह कौन है?"

"वह राजा है। वही यह अपमान कराता है। आज तुमको रानी का सम्मान दिया जाएगा। साथ सिपाही रहेंगे। यह न समझना कि तुम रानी नहीं, बुआ हो। कभी यह न ज़ाहिर करना कि किसी मतलब से तुम गई हो। तुन्हारे साथ सब पुलिस के सिपाही रहेंगे। खूब याद रहे, कहना, मैं रानी। तुमको कोई पहचान न पाएगा। मैं साथ रहूँगी, लेकिन दूर। जो सिपाही बहुत पास रहेगा, उसको अपना जिगरी मत समझना।"

"हमको डर लगता है।"

"हम कई आदमी साथ रहेंगे। डर की कोई बात नहीं। कहो, क्या कहोगी?"

"मैं रानी।"

"हाँ।"

सन्ध्या की छाया पड़ने लगी। मुन्ना ने बरामदे की तरफ़ देखा, कोई नहीं दिख पड़ा। बुआ को साथ लेकर लौटी। हवा और सुहानी हो गई। बुआ को पहले शंका थी, मगर हृदय के कपाट जैसे खुल गए; जान पड़ा, संसार में धर्म का रहस्य कुछ नहीं- सब ढोंग है।

बुआ को टहलने के लिए छत पर छोड़कर मुन्ना सिपाही के पास गई और उस तरफ़ जाने के लिए कहा।

सिपाही ने कहा, "वह देख, बरामदे का दरवाजा बन्द है। वहाँ, माल की निगरानी करने वाला जाता है।"

"वहाँ कोई रहता नहीं?"

"नहीं।"

"तुमको और कुछ मालूम हुआ?"

"हाँ, जमादार ने सबको हाजिर रहने के लिए कहा है, और यह ख़बर है कि रानीजी ने इनाम भेजा है, सब सिपाही इस कोठी में आ जाएँगे, तब दिया जाएगा।"

रात आठ का समय होगा। प्रमोदवाले कमरे में राजा साहब बैठे हैं। कुल दरवाजे और झरोखे खुले हैं बड़े-बड़े। सनलाइट का प्रकाश। तेजी से, लेकिन बड़ी सुहानी होकर हवा आती हुई। दूर तक सरोवर और आकाश दिखता हुआ। सरोवर में बत्तियों की जोतवाले कमल बिम्बित। कहीं-कहीं हवा से होता लहरों का नाच दिखता हुआ। चारों ओर साहित्य, संगीत, कला और सौंदर्य का जादू। साजिन्दे बैठे हैं। कान के बाहर से साज चढ़ाकर बजाने की आँख देख रहे हैं। बेबसी से बचने की उम्मीद भी है। प्याले चल चुके हैं। फर्श पर बिछी ऊँची गद्दी पर एजाज़ और राजा बैठे हैं। एक बाल प्रभाकर है। नीचे कालीन बिछी चद्दर पर साजिन्दे।

राजा साहब ने एजाज़ से पूछा, एजाज़ ने सम्मति दी। साजिन्दों ने अपने-अपने साज पर हाथ रखा। एजाज़ ने गाया-

"जाहिद शराबेनाज से जब तक वज़ू न हो,
काबिल नमाज पढ़ने के मसजिद में तू न हो।
पहलू से दिल जुदा हो तो कुछ ग़म नहीं मुझे,
ऐ दर्दे-दिल जुदा मेरे पहलू से तू न हो।
वह गुमशुदा हूँ मैं कि अगर चाहूँ देखना,
आइना में भी शक्ल मेरी रूबरू न हो।
शाखें उसी की हैं यही जड़ है फसाद की,
पहलू में दिल न हो तो कोई आरजू न हो।
मसजिद में मैंने शेख को छेड़ा यह कहके आज
मय लाऊँ मैकदे से जो आबे-वजू न हो।
सारी दमक-चमक तो इन्हीं मोतियों से है,
आँसू न हों तो इश्क में कुछ आबरू न हो।"

फिर गाया-

"बाजी कहूँ बैरन, बिखभरी सवत बाँसुरी
अधर-मधुर ध्वनि नेक सुरन सों
कूक-कूक तड़पाय, सखी री, वाकी
गाँस फाँस जिय हुक। छन आँगन, छन
चढ़त अटा पर, कर मल-मल
पछितात सेज पर,
बैरन सवत सताये चाँद
रह-रहके तान नई फूँक।"

ठुमरी का रंग जमा। राजा साहब ने प्रभाकर से गाने का अनुरोध किया। प्रभाकर ने गाया-

"प्रथम मान ओंकार।
देव मान महादेव,
विद्या मान सरस्वती
नदी मान गंगा।
गीत तो संगीत मान,
संगीत के अक्षर मान,
बाद मान मृदंग,
निरतय मान रम्भा।
कहें मियाँ तानसेन,
सुनो हो गोपाल लाल,
दिन को इक सूरज मान,
रैन मान चन्दा।"

प्रभाकर के गाने के भाप पर तूफान उठा। एजाज़ की गायिकी हिली। स्वदेशी आन्दोलन में आज की धनिक और श्रमिक की जैसी समस्या न थी;

पर आन्दोलन को असफल करने के लिए यह समस्या लगायी गई थी। प्रभाकर विचार करता था तब तक साहित्य द्वारा रूस के जन-आन्दोलन की ख़बरें आने लगी थीं। जमींदार मुसलमान स्वदेशी के तरफ़दार थे; इसलिए मुसलमान रैयत बहुत बिगाड़ नहीं खड़ा कर सकी। पुराणों का राज्य समाज में तब और प्रबल था, बादशाहत का लहजा नहीं बिगड़ा था। प्रभाकर सोचता हुआ बैठा रहा। गाने की तरंग उठकर जैसे निकल गई। एजाज़ उसकी गंभीर मुद्रा से प्रभावित हुई। राजा साहब भी खामोश बैठे रहे। देशप्रेम जुआ था। रौशनी, पश्चिम का बानिज। स्वामी विवेकानन्द की वाणी लोगों में वह जीवनी ले आई, खासतौर से युवकों में, जिससे आदर्श के पीछे आदमी जगकर लगता है। प्रभाकर राजनीति में इसी का प्रतीक था। धैर्य से बैठा रहा।

इशारा पाकर साजिन्दे चले। प्रभाकर उठने को था कि दिलावर भीतर आया; राजा साहब के कान में कान लगाया। ख़बर राजनीतिक है। राजा साहब ने प्रभाकर के सामने पेश करने के लिए कहा। दिलावर उछल पड़ा। कलकत्तावाले सुबूत दिखाये- वह काग़ज, नजीर के नाम से यूसुफ का आकर ठहरना, बातचीत करना, होटल में गलत नाम लिखाना।

एजाज़ ने हुलिया पूछा। आदमियों ने बताया। एजाज़ खामोश हो गई।

प्रभाकर आग्रह- धैर्य से सुनता रहा। राजा साहब ने धन्यवाद देकर सबको विदा किया। इनाम की घोषणा की।

राजा राजेन्द्रप्रताप ने प्रभाकर से पूछा, "आपका क्या अंदाज है?"

"चर है, सरकारी।"

"अब हमको एक छन की देर नहीं करनी। कलकत्ता रवाना हो जाना है। बँध गया। हमारे पास भी मसाला है। यह वही आदमी है।" एजाज़ ने कहा।

"लिखा प्रमाण हमको दीजिए।" प्रभाकर ने कहा।

राजा साहब ने कहा, "नहीं हमीं रखेंगे, बैरिस्टर साहब से सलाह लेंगे, इस तरह आपका भी हाथ हो गया।"

"तो हमें भी आपके साथ या कुछ पीछे या दूसरे रास्ते से चलना चाहिए।"

"आप परसों या और दो रोज बाद आइए।"

प्रभाकर शान्त भाव से उठा और कहा, "अच्छा, तो आज्ञा दीजिए।"

राजा साहब ने नमस्कार किया।

29

मुन्ना ने देखा, दस बज गए। सिपाहियों को 20-20 रुपये इनाम दिया था। बाज़ार से कपड़ा आ गया था। टुकड़े काटकर साफे बना लिए। रानी के अपमान का प्रभाव सब पर है। सब चाहते हैं, राजा ऐसा न करें कि उनके रहते एजाज़ को रखें।

डण्डे सबके हाथ में, पुलिसवाले नहीं, मिर्जापुरी। चमरीधे की नोक देखते, सिंहद्वार की बत्ती के इधर-उधर टहल रहे हैं।

रुस्तम को सिखा दिया। चलने और पहुँचने का रास्ता और समय मुकर्रर कर दिया। पहरे की दो तलवारें निकलवा लीं। रुस्तम को दीं। एक बुआ के बाँधकर ले चलने के लिए, एक खुद बाँधे रहने के लिए। एकान्त में दो घण्टे तक रहना है, कहकर ध्वनि में समझा दिया, और विश्वास बँधा दिया कि बुआ को उसने समझा दिया है।

बुआ उसकी बात पर आ चुकी थीं, एक सत्य, एक न-जाना दबाव, एक तड़प थी जिससे उनके पैर उठे। ढाढ़स बंधा, मुन्ना मिलेगी। कुछ बिगड़ने न पाएगा, अगर वे खुद न बिगाड़ बैठी।

बुआ को सबसे पहले मुन्ना ने खिड़की से निकाला। सिपाहियों को यह बात नहीं मालूम। रुस्तम कोठी की खिड़की के दूसरी तरफ़ खड़ा राह देख रहा था। दोनों कन्धों पर पेटी से बँधी म्यान के साथ दो तलवारें लिए था। मुन्ना ने बुआ को रुस्तम के हवाले किया और लौटी। मन में ब्राह्मणों के सत्यानाश का दरवाजा खोला।

बुआ शरमायीं। मुन्ना को देखकर एक दफे जैसे बल खा गईं। सँभलकर निगाह बदली और रुस्तम के साथ चल दीं।

मुन्ना मुस्करायी। जमादार के पास आई। सिपाहियों को मिठाई और पूरी और दस-दस बीड़े बाँध लेने के लिए बाजार भेजा। दो घण्टे का वक्त निकाला। जमादार को एकान्त में लेकर बातचीत करने लगी।

30

रुस्तम बुआ को लेकर चला। रात के दस के बाद का समय। गढ़ सुनसान। मर्दाना बाग से चला। बुआ को शंका हुई। फिर मिट गई।

"देखती हो दो तलवारें हैं?" रुस्तम ने प्रेमी गले से पूछा।

"हाँ" शरमाकर बुआ ने कहा।

"एक तुमको बाँधनी है।"

"हाँ?"

"बाँधना आता है?"

"नहीं।"

"हमी बाँधेंगे। सुना है?"

"हाँ।"

"इसका मतलब समझ में आया?"

बुआ लजा गईं। सामने आमों के पेड़ थे। रुस्तम बढ़ा। एक की झुकी डाल पर दोनों तलवारें टाँग दीं।

"यहाँ सिर्फ़ हम हैं और तुम।"

बुआ शरमायी। रुस्तम का पौरुष पूरी शक्ति पर था। कहा, "उस रोज नहाकर तुम जैसी निकलीं, वैसा ही हो जाना है।"

बुआ का हाथ रुका। जी ऊबा।

रुस्तम ने पूछा, "तालाब में और लोग थे, वे क्यों थे?"

"हमको नहीं मालूम।"

आवाज से रुस्तम समझ गया कि जमादार का कहना दुरुस्त, वे फँसाये गए, अपनी तबीयत से नहीं गए।

घबराया कि इसका धर्म बिगाड़ा तो बुरा हाल न हो; फिर सोचा, मुन्ना का इशारा कुछ ऐसा ही है।

कहा, “हम वे हैं जिनके बहुत-सी बीवियों होती हैं?”

“यह हमारे यहाँ नहीं?”

“तुमको आज हमारी बीवी बनना होगा।”

“मैं बीवी नहीं बनती।”

“तुमने उससे कुछ कहा, उसकी बात मानी?”

“जबरदस्ती कहलाने से कोई कहना है या मानना।”

“लेकिन हमारे साथ के लिए तुम बात हार चुकी हो।”

“मैं बात नहीं हारी।”

“यह तलवार कैसे बाँधी जाएगी? कमर नापनी पड़ेगी या नहीं? इससे कुछ समझ में नहीं आया? राजे से बातचीत हँसी-खेल है? हम बग़ल में रहेंगे, इससे तुमको इशारा कर दिया गया, तुम्हारी मंजूरी ले ली गई, इतनी दूर तुम निकलकर आ गईं। यहाँ हम पकड़ जाएँगे, तो कोई, क्या कहेगा? ये दोनों इतनी रात को यहाँ क्या करते थे, क्यों आए थे, इनका आपस में क्या रिश्ता है? हम तभी बच सकते हैं, जब मियाँ-बीवी- तुम रानी, हम राजा। वहाँ तुमसे क्या कहलाया जाना है?”

बुआ झेंपी, मगर यह झेंप मंजूरी नहीं।

“हम तुम्हारी कमर नापें?”

“हे भगवान!” बुआ अन्तरात्मा से रोयीं।

“कौन हो तुम?” रुस्तम के पास पहुँचकर किसी ने पूछा। भरी आवाज।

रुस्तम डाल की ओर बढ़ा और मूठ पकड़कर तलवार निकाल ली- “सुअर, कौन है तू?” पूछा।

तलवार के निकलते ही पिस्तौल की आवाज़ हुई, मगर आदमी के निशाने पर नहीं, मर्द का गला गरजा, “भग यहाँ से, या रख तलवार, नहीं तो खाता है गोली।”

रुस्तम भगा। बागीचे में पहले का जैसा सन्नाटा छा गया।

प्रभाकर डेरे पर आ रहा था। यही उसका रास्ता था। आते हुए देखा। बुआ से पूछा, "आप कौन हैं?"

घबराहट के मारे बुआ का बोल बन्द हो गया, प्रभाकर खड़ा रहा। धैर्य देकर पूछा, "आप कौन हैं?"

"हम बुआ।" लड़की के स्वर से, रक्षा पाने के लिए, बुआ ने कहा।

देर अनुचित है सोचकर प्रभाकर ने कहा, "बचना है तो हमारे साथ आइये।"

"यह तलवार ले लूँ।"

तलवार एक और है, समझकर प्रभाकर चौंका। कुछ समझ में न आया। कहा, "हमारी निगाह में अब तलवार का जमाना नहीं रहा। जिनकी तलवार होगी, वे ले लेंगे। यहाँ इस आदमी के अलावा और कोई था?"

"और कोई नहीं?"

"यह कहाँ से तुमको ले आया?

"मुन्ना ने इसके साथ कर दिया था और बहुत से काम करने के लिए कहे थे।"

"किसके ख़िलाफ़?"

"राजा के।"

"आदमी किनके?"

"राजा के।"

" तरफदारी किनकी?"

"रानी की।"

"अच्छा।" प्रभाकर मुस्कराया।

"आपको रहना मंजूर है या हमारे साथ चलना?"

"हम एक छन इस नरकपुरी में नहीं रहना चाहते।"

"हमारे साथ आइये।"

प्रभाकर बढ़ा। बुआ पीछे हो लीं। तालाब के किनारे बुआ को खड़ा किया। दो-एक सवाल और पूछे। समझ की निगाह उठाई और अपने जीने की ओर चला।

कोठी पर कमरे में गया। दो साथियों को बुलाया। कहा, "बाहर एक औरत है। ललित, उसको लेकर बेलपुर जाओ। हम दो-तीन दिन में आते हैं। महाराजिन बताना। भेद न देना। बाहरवालों से मिलाना मत। काम किए-कराये जाना। इसको भी लगाए रहना। मामला रंग पकड़ रहा है। यहाँ से आजकल में बोरिया-बधना समेटना है। प्रकाश ताली लगाकर चले आएँगे। गढ़ की चारदीवार में बहुत से दरवाजे हैं। हमारे की ताली दूसरे के पास भी है या नहीं, सही-सही नहीं मालूम।"

साथियों को लेकर प्रभाकर नीचे उतरा। चिन्ता की हल्की रेखा मन पर। बुआ के पास पहुँचकर कहा, "इस आदमी के साथ चली जाओ, यह जैसा कहे करो। कोई हाथ नहीं उठायेगा। बाद को जहाँ कहियेगा पहुँचा देगा।" बुआ को जान पड़ा, एक अपना आदमी, जिसको औरत अपना आदमी कह सकती है, बोला। वे सहमत हुई।

प्रकाश ताली लेकर चला।

31

रुस्तम के जैसे पर लग गए, ऐसा भगा। फैर से दिल धड़का, पैर उठते गए। खेत से भगे सिपाही की तरह सिंहद्वार में घुसा। बात रही, हथियार नहीं डाला। हाँफ रहा था। जैसे दम निकल रहा है। 3-4 सिपाही बाज़ार गए थे, बाकी हैं। मुन्ना भी है।

रुस्तम को देखकर लोग चकराये। मुन्ना की आँख चढ़ गई। पूछा, "क्या है रुस्तम?"

रुस्तम बोल न पाया।

रुस्तम के घबराये हुए हाँफते रहने पर सिपाहियों को उतना आश्चर्य न हुआ जितना तलवार लिए रहने पर।

जटाशंकर का काठ में पैर पड़ा। धीरज उनके स्वभाव में है। बैठे देखते रहे।

रुस्तम ने आधा घंटा लिया। मुँह धोया गया, कुल्ले कराये गए, सिर पर पानी के छींटे मारे गए, पंखा झला गया।

रुस्तम ने कहा, "देव है। आदमी ऐसा नहीं होता। गढ़ के अन्दर ऐसा आदमी!" लोग कुछ नहीं समझे। ऐसे आदमी के बारे में किसी से नहीं सुना, नहीं देखा।

मुन्ना ने कहा, "हम पूछकर बताते हैं।" रुस्तम को बुलाकर ले चली।

एकान्त में पूछा, "क्या हुआ?"

रुस्तम ने कहा, "एक आदमी मिला। मैं भगा, नहीं तो गोली का शिकार हो गया होता।"

मुन्ना को नहाकर लौटी सूरत याद आई। पूछा, "कैसा है?"

रुस्तम ने एक बाबू का हुलिया बतलाया।

"बुआ का क्या हुआ?"

"हमको उसी की कार्रवाई मालूम होती है।"

मुन्ना को विश्वास हो गया।

ठहरकर पूछा, "बुआ क्या उस आदमी के साथ रह गईं?"

"हाँ।" रुस्तम ने कहा।

मुन्ना ने तीन सिपाही लिए। रुस्तम से घटनास्थल ले चलने के लिए कहा।

लोग चले। जहाँ घटना हुई थी वहाँ अंधेरा है। रुस्तम ने डाल देखी। दो म्यान और एक तलवार लटक रही है। बुआ का निशान नहीं।

मुन्ना तुरन्त घूमी। जहाँ प्रभाकर का जीना है, चली। आदमी भी साथ।

तब तक प्रकाश ताली लगाकर लौट चुका था। लोगों ने जीने के दरवाजे सिपाही की हैसियत से आवाजें लगायीं। कोई न बोला।

कोठी घूमकर मालखाने के पहरे से जाना चाहा, दरवाजे बन्द मिले। खुलते ही नहीं। एक दफे पुलिस की याद आई। खजांची बैठा न रहेगा, सोचा। राजा से रानी के बदले की बात गई, बल जाता रहा।

रुपये निकालने गई। पाँच रुपये और दस रुपये के नोटों के बण्डल दो-दो करके निकाल सके, इस तरह रखे थे। एक हजार के करीब नोट निकाले और 50-50 रुपये सिपाहियों को और दिये। बाकी जमादार को।

नोटोंवाली तिजोड़ी बाहर गड़वा दी।

32

घटना क्या, अनहोनी हो गई। मुन्ना को खजांची का डर था। जमादार भी बचत चाहते थे। इसी से उलझते गए। बेधड़क बढ़े। फँसे सिपाहियों ने रानी का पल्ला पकड़ा। निगाह धर्म पर थी। तिजोड़ी के गाड़े जाने पर सिपाहियों की नसें ढीली पड़ी। एक ने डूबते स्वर से कहा, रानी से राजा का सितारा बुलन्द है। मुन्ना ने कहा, "गई, चलते ठोकर लगी, ईंट दूसरे की रखी है, वह रानी का ही आदमी है, नादानी कर रहा हूँ, न इधर का होगा न उधर का। मुमकिन, बदला चुकाने को रानी ने दूसरा हथियार चलाया हो। धीरज छोड़ने की बात नहीं; कल-परसों तक आज का अंधेरा न रहेगा। अगर कहो कि इसके लिए सज़ा होगी तो काँटा न लगेगा। सब लोग बाल-बाल बच जाएँगे। रुपये भी मिलेंगे। अभी साँस काफ़ी है।"

सिपाही खुश हो गए। सबको अपनी-अपनी जगह जाने के लिए मुन्ना ने कहा। कहा, "रानी का हाल मालूम हो तो जी में जी आए।" यह कहकर रात-ही-रात नई कोठी की तरफ़ चली।

जहाँ दासियाँ सोती है, वहीं घुसकर, एक बाल लेट रही। नींद नहीं आई। दूसरे को बहलाने से अपना जी नहीं मानता। तरह-तरह की उधेड़-बुन से रात कटी। पौ फटी कि उठकर बुआ के महल के लिए चली। नई कोठी में शोर था कि सूरज की किरन के साथ जहाज खुल जाएगा। जागीरदार साहब कलकत्ता रवाना हो रहे हैं। मुन्ना ने एक कहार को तैनात किया कि जागीरदार साहब के साथ कौन-कौन जाता है, देख आए, रानीजी का हुक्म है।

कहार मुस्कराया। कहा, "वे तो जाएँगी ही।"

"कौन?"

"कौन हैं जो गाती हैं?"

"और कौन-कौन जाता है; खासतौर से यह देखना, कौन-कौन औरत जाती है; उसके साथ एक ही बाँदी है, और भी कोई यहाँ की बाँदी जाती है या नहीं। रानी साहिबा इनाम देंगी। समझ गया?"

"रानी साहिबा अभी तक चाहती हैं। मैंने अरई कहारिन को छेड़ दिया, कहा, तेरी शक्ल उससे मिलती है। उसने कह दिया। वह एक पन्दरहीं नहीं बोली। अरई के लिए, माफ़ी मँगा ली, तब दम लिया। सो भी तब जब अबकी तनख्वाह से गुच्छी-करनफूल बनवा देने का कौल करा लिया।" कहकर मटरू हँसा। अपनापे से पूछा, "मुन्ना, तेरी कैसी कटती है?"

"फिर तो नहीं माफ़ी माँगेगा?"

"मैंने कहा जात की है, कहीं बैठ जा, या बैठा ले। राम दोहाई, आँख झप जाती है, जब देखता हूँ, तेरे लिए बारोमहीने कातिक है। सिपाही कुत्ते-जैसे पीछे लगे रहते हैं। बहँगी में तीन-तीन को लादकर फेंकूँ।"

"अच्छा चला जा। देखें, कितनी जानकारी रखता है। इनाम में एक थान के दाम मिलेंगे; मगर पक्की ख़बर दे।"

मटरू खुश होकर जहाज घाट की ओर चला।

राजा का ही जहाज है। मटरू जानता है। आदमियों में सबसे दबा, कहार। पहचानकर सबने राह दे दी। उस वक्त तक राजा या एजाज़ का आना नहीं हुआ था। मटरू सारा जहाज घूम आया। फिर एक किनारे खड़ा हुआ।

आधे घण्टे के अन्दर एजाज़ की पालकी आई। एजाज़ किनारे उतरकर काठ की सीढ़ी से जहाज पर गई-इनाम भेजा।

राजा की सवारी आई। शान से चढ़े। लोग चढ़ने लगे। जहाज खुला।

मटरू ने एक-एक को देखा। रह जानेवाले लोगों के साथ लौटा। एक पहर दिन चढ़ चुका था।

लौटकर मुन्ना से एक-एक बात कही। और पुरस्कार के लिए लाचार निगाहों से देखकर मुस्कराया।

मुन्ना समझ गई। संवाद से खुश होकर पीपलवाले चबूतरे के पास दुपहर ढलते बुलाया। मटरू मानकर खुले दिल से दूसरे काम को चला। मुन्ना पुरानी कोठी चली।

33

प्रभाकर सचेत हो गया। मौका देखकर बचा हुआ मसाला पानी में फेंक दिया और प्रकाश को दिन होने पर पास के केन्द्र भेज दिया। दो आदमी और रहे और प्रभाकर। देख-रेख के लिए दिलावर और दो नौकर हैं, जिनके बाहर के मायने छत से हैं। श्री रघुनाथजीवाली छत से, जल भरनेवाले कहारों से, दिलावर पानी चढ़वा लेता है। उसी जीने से दिन रहते-रहते नौकर और पाचक एक दफा बाहर की हवा खा आते हैं।

मुन्ना जमादार से मिली। जमादार के होश फ़ाख़्ता थे। राजा को बुआ के गायब होने की खबर नहीं दी गई।

मुन्ना को देखने पर साथी का बल मिला। रास्ता निकालने की सोची। पूछा, "क्या इरादा है?"

मुन्ना ने कहा, "बुआ लापता हैं, यह सबसे ख़तरनाक है।"

"क्या ताज्जुब, रुस्तम ने उड़ा दिया हो।" जमादार ने कहा।

"हो सकता है, मगर बात झूठी भी हो सकती है।" पहले पता लगा लेना चाहिए। एक बात जँचती है। उधर एक आदमी रहता है। वह कोठी में ही रहता है। यह कौन है, उसका हाथ हो सकता है।"

"हाँ," सँभले, "राजा का गुप्त रूप है, यह रामफल से सुना है। उन लोगों की आमदरफ़्त दूसरी है। यही पुजारीजी का हाथ है।"

"तुमको यह नहीं मालूम, रहनेवाला काला है या गोरा है?"

जमादार- "या एक है या तीन, नहीं।"

मुन्ना- "एक दूसरी शाख है?"

जमादार- "हाँ।"

मुन्ना- "माई के लाल बहुत हैं।"

जमादार- "अब बचना कठिन है।"

मुन्ना- "जहाँ तक हो आँट पर न चढ़ो।"

जमादार- "कैंची काटती हो?"

मुन्ना- "हमारे ही साथ सती होना है।"

जमादार- "तभी तो कहा, कैची काटती है।"

मुन्ना- "बस, अब साथ न छोड़ो, अगर भगें तो साथ।"

जमादार- "रास्ता और क्या है? इतनी बड़ी चोरी के बाद गाँव में क्या मुँह दिखावेंगे और क्या पुलिस के हाथ बचेंगे?"

मुन्ना- "हमारा प्रेम ही ऐसा है। पति को खा गई।"

जमादार- "हमारा ही कौन कमजोर है?"

मुन्ना- "इस आदमी का पता लगाना है। जमादार अब ताकत बाहर की आ गई है। ख़तरा बहुत है। हमारे पास धन है, लेकिन इसको इस रूप में हटाकर हम बहुत दिन खा नहीं पायेंगे। सहारा लेना है। कुछ मददगार बनाने हैं।"

जमादार- "हाँ।"

मुन्ना- "राजा का रवाना होना मतलब से खाली नहीं।"

जमादार- "कुछ लगाया?"

मुन्ना- "खजांची की तरफ़ की कोई कार्रवाई होगी। इसका भी, जिसके लिए मैं कह रहा हूँ, कोई हाथ हो सकता है।"

जमादार- "हमारी हैसियत तो इतनी ही है। पहले तो यह कि नम्बरी नोट चलाये नहीं चलेंगे। दूसरे, इतना रुपया हज्म करनेवाला हमारा पेट नहीं।"

मुन्ना- "मगर रुपयों के साथ अब जान पर ही खेलना है, यानी जान रहते रुपये न जाएँ और जाएँ तो हम दुनिया भी दूर तक देख लें। इतने रुपयों से इतना भेद खुल सकता है। सिर्फ़ पकड़ में नहीं आना।"

जमादार- "अब हमको बयान बदल देना है।"

मुन्ना- "हाँ, तभी बचाव है।"

जमादार- "सन्दूक गाड़ दिया गया। ताली फेंक दी गई। बीजक अपने पास है ही। उसमें लिखा है। क्यों री, तू इतनी भी बंगला नहीं पढ़ी कि मालूम हो जाए कि कितने-कितने के नोट हैं?"

मुन्ना- "यह मालूम हो जाएगा। दम कहाँ मिला? मगर ख़र्च बहुत होगा।"

कहार से बातें मालूम करके, इनाम देकर, मुन्ना पिछली तरफ़वाले घाट पर चलकर बैठी। मन में खलबली थी। बुआ का पता नहीं चला। जल्द कोई कार्रवाई होगी, दिल कह रहा था। धड़कन त्यों-त्यों बढ़ रही थी। बचाव की सूरत नजर आती थी और कुछ देर बाद मिट जाती थी। मुन्ना ने देखा, किरनों में कई हाथ पानी के नीचे मछलियाँ दिख रही हैं। फिर देखा, पास की डालवाले पत्तों की रेखाएँ गिनी जाती हैं। दूसरी तरफ़ आँख उठाई, घने बागीचे में छिपने लायक अंधेरा नहीं। सबकुछ खुल गया है। अपने भविष्य पर डरी।

इसी समय देखा जीने का दरवाज़ा खुला, एक युवक निकला, जीना बन्द किया और घाट की तरफ़ चला। उसकी शान्ति में घबराहट नहीं बड़ी दृढ़ता है। एक ऐसा संकल्प है, जो आप पूरा हो चुका है। जवानी की वह चपलता नहीं जो औरत को डिगा देती है, बल्कि वह जो साथ लेकर ऊपर चढ़ जाती है और जहाँ तक औरत की ताकत है, वहाँ तक चढ़ाकर अपने पैरों खड़ा करके, और चढ़ जाती है। चरित्र के पतन से बचकर और भले कामों की तरफ़ रुख फेरती है। मुन्ना को जान पड़ा, उसका हृदय खुल गया। वह निर्दोष है। यह युवक उसको इस अवस्था में सदा रख सकता है। दिल की बातें उससे कह देने के लिए उतावली हो गई।

जैसे-जैसे प्रभाकर पास आता गया, मुन्ना के बुरे कृत्य भी जो नीची तह के किए हुए थे-उसके ऊँचा उठने के कारण छुटे हुए, काई की तरह सिमटकर पास आते गए। प्रभाकर की चाल के धक्के से निकलते गए। मुन्ना जैसे बदल गई प्रभाकर से मिलते के लिए। जो मुन्ना होगी उसके बुरे संस्कार छुटने लगे।

वह अपने स्वरूप में आई। अभी तक प्रभाकर की नजर नहीं पड़ी। अपने काम की बातें सोच रहा था।

हवा चल रही थी। पेड़ों की पत्तियाँ और डालें हिल रही थीं। चिड़ियाँ उड़ रही थी। सरोवर पर लहरें उठ रही थीं। उन पर किरनें चमक रही थीं।

प्रभाकर आया। बायीं तरफ़ एक औरत की छाँह देखी। उसने घाट के फर्श पर सिर टेककर प्रणाम किया। प्रभाकर ने विचारशील आँखें उठाकर देखा। पूछा, "कौन हो?"

"मैं मुन्ना हूँ।"

"क्या काम है?"

"मैं रानी साहिबा की दासी हूँ।"

प्रभाकर स्थिर हो गया। सोचा, कोई काम है। पूछा, "फिर?"

"आप कौन हैं, यह मालूम हो जाना चाहिए।"

"यह राजा साहब से मालूम हो जाएगा।"

"वे तो चले गए हैं।"

"फिर लौट सकते हैं, या जहाँ गए हैं, वहाँ से।"

"आपके दिल में रानी साहिबा की जगह है?"

"क्या है?"

"आप जानते हैं, राजा साहब के साथ रानी साहिबा नहीं।"

प्रभाकर दुखी हुए।

मुन्ना को मौक़ा मिला। कहा, "रानी साहिबा आपके लिए कुछ नहीं कर सकतीं अगर आप उनकी सहायता करें?"

प्रभाकर पेंच में पड़े। काट न चला। सहानुभूति आई। दिल कमजोर पड़ा। कहा, "हमारा काम दूसरा है।"

"वह कौन-सा?"

"क्या तुम और रानी साहिबा उसमें हो?"

"हाँ, हम हर तरह आपके साथ होंगे।"

"हमको दोनों की सहानुभूति चाहिए।"

"रानी साहिबा धन और जन से आपकी मदद कर सकती हैं।"

"विश्वास है। रानी साहिबा से हमारी बातचीत हो सकती है?"

"हाँ।"

"मगर आज होनी चाहिए।"

"हाँ, आपसे शाम को यहीं मिलूँगी। आपको मालूम है, रानीजी के लिए दूसरे से बातचीत करना मना है।"

"हाँ।"

"मगर काँटा निकालने के लिए मिलेंगी।"

प्रभाकर कुछ न बोले। एजाज़ का स्वभाव उन्हें पसन्द है। रानी साहिबा कैसी हैं, देखना चाहते हैं। उनका काम केवल मर्दों के हाथ से ज्यादा औरतों के साथ से बढ़ेगा। स्वदेशी का, देश प्रेम का जितना प्रचार होगा, देशवासियों का कल्याण है।

"रानी साहिबा पढ़ी-लिखी हैं?"

"जी हाँ।"

"सुन्दरी भी हैं?"

मुन्ना मुस्कराई। कहा, "हाँ, बहुत।"

"राजा साहब को व्यसन होगा। गाती भी हैं?"

"जी हाँ।"

"काँटा निकल जाएगा। राजा साहब जिस रास्ते के पथिक हैं, रानी साहिबा भी उसकी होंगी, तो मेल स्वाभाविक है।"

"वह कौन-सा रास्ता? क्या हम लोग उस रास्ते आपके पीछे चल सकते हैं?"

"पहले तुम्हीं लोगों का काम है। यों फ़ायदा नहीं कि जमींदारी, जमींदार की रहे; मगर यों है कि तुम अपने आदमियों के साथ रहो, अपना फ़ायदा अपने हाथों उठाओ। इसमें दूसरे तुमको बहका सकते हैं, बहकाते होंगे। बाजी हाथ आने पर, हम खुद जीने की सूरत निकाल लेंगे। अच्छा, बताओ, यहाँ कोई औरत रहती थी जो लापता है?"

मुन्ना घबरायी। प्रभाकर आँख गड़ाये थे। झूठ नहीं निकली, कहा, "जी हाँ।"

"वह कौन है?"

"वह कुमारीजी की फूफी-सास हैं। आपको मालूम है, वे कहाँ हैं?"

"हम नहीं कह सकते। मगर बचो सकते हैं। पुलिस के हाथ बुरा हाल होगा।"

मुन्ना ने पैर पकड़ लिए। कहा, "आप बचा सकते हैं। आपका काम करूँगी।"

प्रभाकर मुस्कराते रहे। कहा, "अच्छा नहाते हैं, शाम को आना। घबराना मत। हमारा काम, तुम्हारा काम है। अब चलो।"

मुन्ना खुश होकर चली। जान पड़ा, भगवान ने बचा लिया।

प्रभाकर नहाने लगे।

35

जमादार सूख रहे थे, चोरी खुलेगी, बहाना नहीं बन रहा। घबराये जो कलंक नहीं लगा, लगेगा, जेल होगी; वाप दादों का नाम डूबेगा। राजा गए; दूसरी आफ़त रहेगी।

इसी समय मुन्ना मिली। जमादार ने देखा, उसमें स्फूर्ति है। उनकी बाँहें खिल गईं, सोचा, बचत निकल आई।

मुन्ना ने अलग बुलाया। वे चले। दोनों घाट की चारदीवार की आड़ में एक मौलसिरी की छाँह में बैठे।

मुन्ना ने कहा, "अब किनारा साफ़ नजर आ रहा है।"

"क्या बात है?" जमादार ने पूछा।

"एक महात्मा मिले हैं, उनसे आशा बँध रही है।"

"कहीं धोखा तो नहीं?"

"नहीं, सिर्फ़ तुम्हारा विचार है कि कहीं नीचा न दिखा दो। नहीं तो, लकड़ी साफ़ बैठेगी।"

"कैसे?"

"पहले बताओ, तुम हमारे साथ रहोगे या नहीं।"

"हमने तो बीजक तक दे दिया।"

"ठीक है। बात यह, हम दूसरी चाल चलेंगे।"

"क्या?"

"रानी को दूसरी तरह हाथ में करना है। पहला वार ख़ाली गया। वह राह कट गई, अच्छा हुआ। वह सूझ खजांची की थी, अपनी भी। अब लाठी भी न टूटेगी और साँप भी मरेगा।"

"समझ में नहीं आया।"

"जमादार, बहुत गहरी बातें हैं। एकाएक समझ में न आएँगी। खजांची का साथ किसी सरकारी आदमी से है। खजांची की मार्फ़त एजाज़ से राज लेना चाहता है और हमारे राजा साहब का। राजा साहब सरकार के ख़िलाफ़ फँस जाएँगे, क्योंकि वे रास्ता बतानेवाले हमारे नए गुरुदेव के मददगार हैं और गुरुदेव सरकार के ख़िलाफ़ कार्रवाई करनेवालों में हैं। स्वदेशी का जो आन्दोलन चला है, गुरुदेव उसमें हैं। सरकार चाहती है, बंगाल के दो टुकड़े कर दे। ज़मींदार ऐसा नहीं चाहते। उनको डर है कि स्थायी बन्दोबस्त फिर न रह जाएगा। इसका देश में आन्दोलन है। सरकार के लोगों का कहना है, स्थायी बन्दोबस्त न रहने पर इतर जनों को फ़ायदा पहुँचेगा, मुसलमान जनता सरकार के पक्ष में की जा रही है। असली बात इतनी है। हम लोग काफ़ी बातचीत सुन चुके हैं। सच जो कुछ भी हो, मगर गुरुदेव की बात का असर पड़ता है। उन पर अपने आप विश्वास हो जाता है। बड़े अद्भुत आदमी हैं। इतर जन ही हम लोग हैं। हम लोग भी सहानुभूति और अधिकार चाहते हैं। यह हमको सरकार से तब मिलेगा, जब हम सरकार की जड़ मजबूती से पकड़ेंगे। मगर हमको रहना तुम्हीं लोगों में है।"

"हमारे जो कुछ था, हम दे चुके।"

"हाँ, मगर समाज से डरते हो; हम समाज की बात कहते हैं।"

"भीमसेन ने हिडिम्बा से ब्याह किया, महाभारत में है, तो किसने उनको जाति से निकालकर बाहर कर दिया?"

"मगर हिडिम्बा के अधिकार वैसे न रहे होंगे जैसे द्रौपदी के।"

"अधिकार वैसे ही थे, भेद यह रह गया था कि एक राक्षस की बेटी रही, दूसरी क्षत्रिय की। क्या बाप भी बदल गए?"

मुन्ना गंभीर हो गई। कहा, "बुआ का पता इनको मालूम है। रुस्तम शायद इन्हीं की बातें करता था।"

जमादार जर्द पड़े। कहा, "कुल भेद खुला? बुआ ने एक-एक गाँठ सुलझाई होगी।"

"सम्भव। ताल पर चलना है। नहीं, गिरेंगे। बुआ राजा के साथ न थीं। बचाव का मिलकर बचकर रास्ता निकालना है।"

"बुरा हुआ। सरकार के ख़िलाफ़ हैं तो जरूर बचकर रहना है। हम भी पकड़ा सकते हैं अगर पकड़ में हैं।"

"हाँ, मगर नहीं। राजा ने रखा है तो मिल जाना चाहिए।"

"हाँ।"

"राजा ख़िलाफ़ न हों तो ख़िलाफ़ गवाही देते अकेले हो जाएँगे, मगर खजांची का एक गरोह है, हम उसमें हैं, बचत हैं।"

"हाँ।"

"ये इसी कोठी में रहते हैं, तुमको मालूम था?"

"नहीं।"

"राजा ने तुमसे छिपाया है। कोई होगा, जिसको देख-रेख सौंपी गई। यहाँ रहना मायने रखता है।"

"हाँ।"

"फिर साथ होते अड़चन नहीं। रानी का उपकार करेंगे। कारण साथ है। राजा को ये मिला दे सकते हैं।"

"हाँ।"

"आदमी सज्जन हैं। रानी से मिलाना है। बातचीत सुननी है। अगर रानी से किसी की मार्फ़त बातचीत करायी तो मैं हूँगी; खुद की तो सुनूँगी। बहाना है।"

"हाँ।"

"इनका भेद मिलेगा, आगे भी मिलता रहेगा। इनको काम के लिए धन चाहिए। मैं मदद करूँगी। इस तरह इनका बाज़ू पकड़े रहना है। पूरी जानकारी हासिल होगी। जैसे अंधेरे में हूँ। तुमसे लम्बी दुनिया देखी है।"

"हमारा देश छह सौ मील है।"

"तुम जगह देखना चाहो, चलो दिखा दूँ। रानी के पास ले चलते वक्त दूर से देख लेना छिपकर।"

36

चार का समय, दिन का पिछला पहर। रानी साहिबा की फूलदानियों में ताजे फूल दोबारा रखे गए। हार आ गए केले के पत्ते में लपेटे हुए। बर्फ़-क्रीम-फल तश्तरियों में नाश्ते के लिए आ गए। दक्खिनवाले बड़े बरामदे में छप्परखाट पर थीं। दक्खिनाव तेज चल रहा था। इक्की-दुक्की दासी घूम जाती थीं। दोपहर के आराम के बाद गद्दी से उठकर काठ के जीने से रानी साहिबा उतरीं और चन्दन की चौकी पर बैठीं, जिस पर बढ़िया कालीन बिछा था। मुन्ना आई। बाहर की आज्ञावाहिनी दासी से कह आई थी, कोई न आए।

मुन्ना को देखकर रानी साहिबा ने सहृदयता से पूछा, "क्या ख़बर है?"

मुन्ना ने प्रणाम करके दूसरे एकान्तवाले कमरे में बुलाया, जहाँ प्रायः रानी साहिबा रहती थीं। वे उठकर चलीं। एक मखमल की गद्दीवाली कुर्सी पर बैठीं। मुन्ना को स्टूल लेकर बैठने के लिए कहा। मुन्ना पंखा यहाँ चलाने के लिए बाहर आज्ञा दे आई, फिर स्टूल लेकर बैठी। प्रसन्न है, रानी ने गौर से देखा। दिल में ग़म है, मुन्ना ताड़ रही थी। राजा साहब के लिए जगह है। सँभलकर कहा, "हुज़ूर के दर्शन हुए। यहाँ एक भले आदमी टिके हैं। राजा साहब टिका गए हैं। पुरानी कोठी में रहते हैं। दूसरों की आँख बचायी जाती है। और भी उनके साथी हों, सम्भव है। आज पता चला है। बातचीत की है। राजा साहब गए, अब वे भी जाएँगे। सच्चे और अच्छे पढ़े-लिखे आदमी हैं। अभी नौजवान हैं। तेजस्वी हैं। क्यों है, क्या हैं, यह हुज़ूर को और मालूम होगा। मैं समझती हूँ उनसे काम निकल सकता है।"

"हमारे मनीजर के इतने पढ़े होंगे?"

"हाँ, जान ऐसा ही पड़ता है।"

"मनीजर को बुलाना होगा।"

"हुज़ूर, मैं मनीजर साहब की मार्फ़त बातचीत कराने का बीड़ा नहीं लेती। जब राजा साहब के खास हैं, तब मनीजर साहब से बातचीत नहीं भी कर सकते।"

"फिर क्या सलाह है?"

"आपका भला हो सकता है।"

"अच्छा, कब बुलाना ठीक होगा?"

"शाम के वक्त, दीयाबत्ती हो जाने पर।"

"बुला लेना। यहाँ से कलकत्ता जाएँगे?"

"सरकार!"

"एजाज़वालों में हैं?"

"नहीं, यही आपको जान लेना है।"

"अच्छी बात है।"

"पालकी बड़ी ले जाने का विचार है।"

"ले जा।"

मुन्ना आज्ञा मिलने पर बाहर निकली। कहारों को बड़ी पालकी ले चलने वं लिए कहा, ख़ास रानीजीवाली। कहारों ने तैयारी की। मुन्ना साथ पुरानी कोठी की तरह चली। कहारों को अचम्भा हुआ। मगर चलते हुए सोचते रहे, रानी साहिबा वहाँ कहाँ मरीं। तालाब के बग़ल पालकी रखाकर मुन्ना ने कहारों को हट जाने के लिए कहा। कहारों ने वैसा ही किया। दिल से उमड़ रहे थे जैसे कोई बात पकड़ी हो, कलंक पकड़ा हो। प्रभाकर तालाब के घाट पर बैठे थे। मुन्ना गई, और पालकी चलने के लिए रखी है, कहा। प्रभाकर सन्ध्या की सुगन्ध के भीतर से चले। मुन्ना कुछ देर फिर उनकी चाल देखती रही।

37

आमों की राह से होते हुए गुलाबजामुन के बाग के भीतर से मुन्ना पालकी ले चली। कई दफे आते-जाते थक चुकी थी। उमंग थी। एक नई दुनिया पर पैर रखना है। लोगों को देखने और पहचानने की नई आँख मिल रही है।

खिड़की पर कहारों और पहरेदार को हटाकर दरवाज़ा खोलकर प्रभाकर को ले गई। पंखे से समझ गई, रानी साहिबा उसी बैठके में हैं। बड़ेवाले में ले गई।

प्रभाकर ने देखा, एजाज़वाले बंगले से यह आलीशान और खुशनुमा है। बड़ी बैठक है। छप्परखाट बड़ी, मेजें बड़ी। आइने बड़े, फूलदानियाँ बड़ी। दरवाजे बड़े। झूले बड़ी। सनलाइट की बत्तियाँ भी बड़ी। अधिक प्रकाश, अधिक स्निग्धता, अधिक ऐश्वर्य, अधिक सजावट। संगमरमर का फर्श, खुला हुआ, हिन्दूपन के चिह्न। दीवारों और छतों पर अत्यन्त सुन्दर चित्रकारी।

प्रभाकर को चाँदी की कुर्सी पर बैठाकर पास एक सोने के डण्डेवाली गद्दीदार कुर्सी रख दी। प्रभाकर साधारण दृष्टि में बड़प्पन लिए हुए देखता रहा। मुन्ना रानी साहिबा के कमरे में गई। हाथ जोड़कर ख़बर दी।

रानी साहिबा ने हार पहना देने के लिए कहा। फिर दूसरी दासी से घण्टे भर में भोजन ले आने के लिए कहा।

हार पहनकर मुन्ना ने कहा, “रानीजी आ रही हैं।” जूतियों की मधुर चटक सुन पड़ी। प्रभाकर ने देखा, एक सुश्री सुन्दरी आ रही थीं। समझकर कि रानी हैं, उठकर खड़े हो गए। हाथ जोड़े। रानी साहिबा ने म्लान नमस्कार किया। अपनी कुर्सी पर आकर बैठ गईं। मेहमानदारी के विचार से आँचल गले में डाल लिया था।

प्रभाकर की ऐसी कुर्सी थी कि सनलाइट का प्रकाश मुँह पर पड़ता था। रानी साहिबा मुँह देखकर बहुत खुश हुई।

हवा के साथ बाहर के बागीचे से फूलों की खुशबू आ रही थी। उनके आने पर उस बैठक में पंखा चलने लगा।

"आपका शुभ नाम?" रानी ने पूछा।

"जी, मुझको प्रभाकर कहते हैं।"

"आप यहाँ हैं, हमको न मालूम था। कितने दिनों से हैं?"

"यह आप राजा साहब से..." प्रभाकर सहज लाज से झेंपे।

"आपका इधर राजा साहब के बंगले जाना नहीं हुआ?"

"जा चुका हूँ।"

"उसको देखा होगा?"

"जी हाँ।"

"रानीजी को एक धक्का लगा। सँभालने लगीं। कहा, "हम मँज गए हैं। उससे भी मिले?"

"जी, हाँ मिले।"

रानी साहिबा झेंपी। कहा, "बाजार का अच्छा माल है। राजा साहब खरीदेंगे तो अच्छा देखकर।"

प्रभाकर ख़ामोश रहे। जब्त करते रहे। कहा, "आदमी की पहचान मुश्किल है।"

"हाँ।" रानी साहिबा ने कहा, "हमने देखा है, कलकत्ते में, मगर फूटी आँख। तारीफ़ थी। उससे क्या काम?"

"तरफ़दार बनाना।"

"आप दमदार हैं। गला बतलाता है। पहले किसी से बातचीत ऐसी ही मिल्लतवाली रहेगी, फिर, दिल में जम गया तो फ़ायदे की सोची।

शराफत-भरे बड़प्पन से प्रभाकर सिर झुकाये रहे। हल्का मज़ाक़ किया, "राजा साहब को चाहिए था, पहले आपसे मिलाते।"

"हम खुद मिल लिए। राजा साहब का कुसूर हट गया।"

"जी।"

"रानी साहिबा ने पूछा, "आप सिगरेट-पान शौक़ फरमाते हैं?"

"पान खा लूँगा।"

मुन्ना एक बग़ल खड़ी थी। रानी साहिबा ने देखा, वह गिलौरीवाली तश्तरी उठा लायी। प्रभाकर के सामने मेज पर रख दी। प्रभाकर ने पान खाये। मुन्ना हटकर अपनी जगह खड़ी हो गई।

"आप कब तक कलकत्ता रवाना होंगे?" रानी साहिबा ने पूछा।

"दो ही दिन में, अभी समय का निश्चय नहीं किया। जरूरी काम है।"

"कैसा काम आपके सिपुर्द है, क्या आप बतलाएंगे?"

"अभी नहीं। काम आपके फ़ायदे का है।"

"आपकी हम क्या मदद कर सकते हैं?"

"मदद करना।"

"यह तो यों भी है। आप हमारे घर हैं। आपको नहीं मालूम, हम ऐसी हालत में आपके दोस्त रहेंगे या दुश्मन।"

"सही।"

"आपकी हमारी बातचीत पक्की, मगर राजा साहब से हमारा भेद न खुले।"

"हम ऐसा काम नहीं करते। भेद एक ही है हमारा। उससे आपको फ़ायदा होगा तो होगा। आप अपनी परिचारिका से समझ लें, जो हमको ले आई है। फिर हमारे काम से, जो हर तरह नेकचलनी का है, आप मददगार हों; राजा साहब भी हैं; आपकी और उनकी पटरी इस तरह बैठ जाएगी।"

"मदद की सूरत क्या हो?"

"आपके यहाँ हमारे केन्द्र हैं, देशी कारोवार बढ़ाने के; आप महिला होने के कारण उनकी स्वामिनी; गृहलक्ष्मी शब्द का उपयोग आप ही लोगों के लिए होता है; आप उसकी चारुता बढ़ाने, प्रसार करने में सहायता करें। देश में विदेशी व्यापारियों के कारण अपना व्यवसाय नहीं रह गया। हम उन्हीं के दिये कपड़े से अपनी लाज ढकते हैं; उन्हीं के आइने से मुँह देखते हैं; उन्हीं के सेण्ट, पौडर, लेवेन्डर, क्रीम लगाते हैं; उन्हीं के जूते पहनते हैं; उन्हीं की दियासलाई से आग जलाते हैं। ब्राह्मण की आग गई; क्षत्रिय का वीर्य गया; वैश्य का व्यापार चौपट हुआ। यह सब हमको लेना है। इसी के रास्ते हम हैं। बंगभंग एक उपलक्ष्य है। दूसरे प्रान्त अभी बहुत जाग्रत नहीं, यों कांग्रेस में सभी हैं, यह स्वदेशीवाला भाव हमको घर-घर फैलाना है। आप गृहलक्ष्मी तभी हैं। इस समय रानी होकर भी

दासी हैं। आपके घर की तलाशी ली जाएगी तो अधिकांश माल विदेशी होगा। आप इसी में हमारी मदद करें। आपकी सहानुभूति भी हमारे लिए बहुत है।"

मुन्ना खुश हो गई। रानी साहिबा दासी हैं, उसको बहुत अच्छा लगा। उसमें रानी का सही स्वत्व आया। वह तन गई।

प्रभाकर कहते गए, "और यहीं से इस उलझन का खात्मा नहीं हो जाता। अर्थशास्त्र की उलझनदार बड़ी-बड़ी बातें हैं, दूसरे मुल्कों से हमारे क्या सम्बन्ध रह गए हैं, हम कितने फ़ायदे और कितने घाटे में रहते हैं, बैंक क्या है, कारोबार की क्या दशा है, यह सब एक मुद्दत की पढ़ाई के बाद समझ में आता है। राज्य और राजस्व बिगड़ा हुआ है। इस प्रकार कभी हमारा उत्थान नहीं हो सकता। जाति की नसों में राजनीतिक खून दौड़ाकर एक राजनीतिक जातीयता लाने में कितना श्रम चाहिए, इसका अनुमान आप लगा सकती हैं। मैं आपका एक ऐसा ही सेवक हूँ।" रानी साहिबा को जान पड़ा, उनका पहला अस्तित्व स्वप्न हो गया है। दूसरा जीवन से उबलता हुआ। देखा, वे मुन्ना से छोटी पड़ गई हैं। मगर उनको बुरा नहीं लग रहा। हृदय के बन्द-बन्द खुल गए हैं। मुन्ना खड़ी मुस्करा रही है।

रानी साहिबा ने कहा, "हम आपसे सहमत हैं। आप जैसा कहेंगे, हम करेंग"

प्रभाकर सोचते रहे। कहा, "इसकी मार्फ़त हम ख़बर भेजेंगे और भेजते रहेंगे।" मुन्ना की तरफ़ इशारा किया। और कहते गए, "हर एक की अपनी सुविधा होती है। दूसरे की आज्ञा वह अपनी सुविधा को छोड़कर नहीं मान सकता या मान सकती। इसका अनुभव महीने-दो महीने साथ रहने पर हो जाता है। फिर हमारे बहुत तरह के काम हैं, कौन किस योग्य, इसकी पहचान की जाती है।"

"आप इसकी मार्फ़त ख़बर भेज दीजिएगा और काम बढ़ाते रहिएगा। आज यहीं भोजन कीजिए। काफ़ी वक्त हो गया। आपको अपनी जगह जाना है" यह कहकर रानी साहिबा उठीं और अपने पहलेवाले कमरे में गईं। प्रभाकर ने उठकर विदा किया। पाचक थाली एक मेज़ से लगा गया था।

हाथ-मुँह धुलाकर भोजन से निवृत्त करके मुन्ना प्रभाकर को इसी तरह उनकी कोठी पर भेज गई। उनकी आज्ञा भी मिली।

प्रभाकर बहुत काम न कर सके। कुछ किया और कुछ बर्बाद कर दिया। भेद खुल जाने की शंका से इसी रात रवाना हो जाने की सोची। मुन्ना को कह दिया कि अच्छा हो अगर रानी साहिबा के साथ या अकेली कलकत्ते में राजा साहब की कोठी पर मिले। घनिष्ठता के लिए पास रहना जरूरी है। अगर दल में आने की इच्छा होगी तो कर्मियों के साथ, अनेकानेक गृहकार्य करने के लिए आ सकती है। मुन्ना ने कलकत्ते में मिलने के लिए कहा।

प्रभाकर आज ही रात रहे लोगों को लेकर बेलपुर रवाना हो गए। रहा-सहा व्यवहारवाला सामान कलकत्तेवाली राजा की कोठी में ले जाने के लिए समझा दिया। रात प्रभात होते मुकाम पर पहुँच गए।

पौ फटते पहुँचे। बुआ जग गई थीं। स्नान से निवृत्त हो चुकी थीं, दिन-भर घर से बाहर न निकलती थीं। एक साधारण जमींदार ने जगह दी थी। बाँस के घेरे में मिट्टी लगाकर दीवार बनाकर छा लिया गया था। तीन-चार कोठरियाँ थीं, तीन-चार चारपाइयाँ और चरखे करघे आदि। बुआ भोजन पकाती थीं। कर्मी वस्त्र-वयन आदि करते थे। काम जितना था, जोश उससे सैकड़ों गुना अधिक। हिन्दू और जमींदारी प्रथा से फँसी जनता साथ थी। जितना अभाव था, पूर्ति उससे बहुत कम। चारों ओर पूर्ति का मन्त्रोच्चार था। लोगों में भक्ति थी। इससे बुआ का स्वास्थ्य अच्छा रहा। लोगों को एक सहारा मिला। राज लेनेवाले जमींदार को भी यह पता न हुआ कि एक औरत आई है।

किरण फूटी। प्रभाकर हाथ-पैर धोकर बैठे थे। दूसरे साथी भी बैठे थे। दरवाज़ा बन्द था। बुआ प्रभाकर को प्रणाम करने आईं। आँखों में भक्ति और उच्छ्वास, काम की एक रेखा। मुख पर प्राची का पहला प्रकाश। प्रभाकर देखकर खड़ा हो गया। हाथ जोड़कर नमस्कार किया। बुआ ने भी किया। प्रभाकर ने पूछा, “कैसी रहीं?”

बुआ ने इशारे से समझाया, “अच्छी तरह।” अभी वे बंगला बोल नहीं सकतीं। थोड़ी-थोड़ी समझ लेती हैं। यहाँ आने पर उनका मन बिलकुल बदल

गया। वहाँ के प्रभाव का दबाव जाता रहा। ललित ने कहा, "थोड़ी-सी चाय पिला सकती हैं?"

बुआ चूल्हा जलानेवाली थीं। चलकर जलाया। कर्मी चाय पीते हैं। सामान है। पानी उबालने लगीं। आधे घण्टे में बढ़िया चाय बनाकर प्यालों में ले आईं। तश्तरी में सुपाड़ी, लौंग, इलायची, सौंफ, जवाइन, मुखशुद्धि के लिए। लोग मुँह धो चुके थे। चाय पी, लौंग-सुपाड़ी खायी। काम की बातचीत करने लगे, कितना कपड़ा महीने में बनकर कलकत्ता जाता है, कितना काम बढ़ाया जा सकता है, लोगों की सहानुभूति कैसी है, अधिक संख्या में लोग व्यापार के लिए तैयार हैं या नहीं। जबाब मिला, जमींदार आए थे, दरवाजे पर बैठे थे, कहते थे, सरकारी लोग खलमण्डल करते हैं:, कारोबार चलने नहीं देना चाहते; डरवाते हैं, जड़समेत उखाड़कर फेंक देंगे; सजा कर देंगे, बदमाशी के अड्डे हैं, कहते हैं।

प्रभाकर ने कहा, "मिलों का मुकाबला है, मुश्किल मुक़ाम है; मिलवाले जमींदारों की तरह इस आन्दोलन में शरीक नहीं, सरकार को उनकी तरफ़दारी प्राप्त है; दलाल हैं ये लोग; विघ्न डालेंगे; देहात के बाज़ारों में इनका माल आता है; ज्यादातर विदेशी माल हैं; दुकानदारों को ये लोग बाँधे हैं; माल खपाते हैं; विदेशी बनियों का भी सरकार पर प्रभाव है; वे ज्यादती करने की प्रेरणा देते होंगे? बड़ी मुश्किलों का सामना है। देश के इन गधों से ईश्वर पार लगाए।

बुआ सुन रही थीं। प्रभाकर से सहानुभूति थी।

ललित ने पूछा, "मछली पका सकती हैं? आज प्रभाकर बाबू को यहाँ के ज़मींदार के तालाब से पकड़कर खिलायी जाए, हम लोग भी खाएँ, हम बता देंगे, या हमीं बनायेंगे"

बुआ ने कहा, "बाद को बना देंगे, हमारे घर में लोग मछली खाते थे। खास तरह की हो तो बता देना।"

ललित एक साथी लेकर मछली की तलाश में गया। बुआ ने आलू-परवल के भाजे, डालना, रसेदार, शक्करकन्द की इमली और शक्करवाली तरकारियाँ पकायीं, दाल बनायी, भात बनाया; कुल बंगाली प्रकार जैसा बताया गया था। दुपहर तक भोजन तैयार हो गया। मछली भी आई थी, भोजन एक किनारे रखकर उसको भी बना दिया। आसन बिछाये। गिलासों में पानी रखा। पत्तलें लगायीं। कटोरियों में दाल रखी; मिट्टी के प्यालों में रसेदार तरकारी और मछली। फिर सबको खिलाया।

प्रभाकर बुआ के काम से बहुत प्रसन्न हुए। देहात निरापद नहीं, खासतौर से जब यह तैयारी हो रही है।

दूसरे दिन बचकर बुआ को लेकर वे कलकत्ता रवाना हुए। कुछ दूर चलकर नाव किराए पर की, फिर रेल पकड़ी।

यूसुफ छनके। पिता से कुल हाल कहा। अली स्वदेशी के मामले से, राजों के कलकत्तेवाले कोचमैनों से मिले, उनमें किसी का लड़का थानेदार न हुआ था, अली को इज्जत से बैठाया। सच-झूठ हाल सुनाकर आन्दोलन में सरकार की मदद के लिए अली ने उनको उभाड़ा। उन्होंने साथ देने को कहा और अली के गरोह में आ गए। ख़िलाफ़ कार्रवाई में भेद देने का इरादा पक्का कर लिया। कुल काम कर चले।

इसी लगाव से अली ने एजाज़ के घर एक कोचमैन भेजा। नोटबुक के अनुसार 'सीन' कहने के लिए कहा और क्या जवाब मिलता है, खामोशी से लौटकर सुनाने के लिए समझाया। गरोह की पहचान के लिए दूसरे-दूसरे राजों के दो कोचमैन भेजे, ताकि हिम्मत बँधी रहे, यों सरकारी आदमी को कोई ख़तरा नहीं, यह भी कहा। लोग गए आगे-पीछे रहे। एजाज़ की कोठी देखी। बागीचे देखे। दरबान से बातचीत की। 'सीन' कहा। नसीम को मालूम हुआ। एजाज़ आ गई थी। समझकर कह दिया, "फँस गया।" लौटकर लोगों ने अली से कहा। अली बहुत खुश हुए। यूसुफ से कहा।

यूसुफ को जान मिली। कुछ अरसा किया, फिर गए। खुशी और कामयावी का दरिया बह रहा था। तरह-तरह की भवरें उठ रही थीं। दिल में गड़ गया कि एक नाका तोड़ लिया, इसी रास्ते चले चलेंगे। बग्घी किराए की। दो आदमियों को बैठालकर चले। डोर लगी थी। बढ़िया-बढ़िया स्क्वायर और रास्ते पार करती बग्घी, चली, बढ़िया-बढ़िया मकान। एक बढ़िया फाटकदार बँगलानुमा प्रासाद में बग्घी गई। यूसुफ को उतारकर रास्ते पर खड़ी हुई। यूसुफ दरबान से कहकर गेस्टरूम में बैठे। सेक्रेटरी आए। देखकर पहचान गए। यूसुफ ने कहा, "तीन और तीन।"

सेक्रेटरी मुस्कराकर दबे-पाँव एजाज़ के पास गए। एजाज़ मेज पर थीं ख़त-किताबत कर रही थीं। सेक्रेटरी को देखकर मुखातिब हुई। सेक्रेटरी ने 'तीन और तीन' के साथ आए आदमी का परिचय भी दिया।

एजाज़ ने कहा, "आप अपने नोटबुक में दर्ज कर लीजिए। कुछ मेरा भी हिसाब है। यहाँ के सुबूत जहाँ तक हैं, लिए रहिए। वकील की मार्फ़त भेजियेगा। कुर्सी डलवा दीजिए।" सेक्रेटरी गए। एजाज़ ने नसीम को अपने पाजामे दुपट्टे से भेजा। कामदार जूतियाँ। सिखला भी दिया। यों के लिए हाथ बढ़ाया। यूसुफ ने बैठे देखा यह वही हैं। पूछा, "मिजाज अच्छा?"

"जी हाँ।"

"हमको पूरी जानकारी चाहिए।"

"हम अपना भी हिसाब रखेंगे।"

"इससे सरकार की तरफ़ से बहुत फ़ायदा न होगा। क्योंकि खैरख्वाही की सिफ़ारिश पहले हमारी ली जाएगी। यह एक तरह की कमज़ोरी है और इससे सरकार के कान खड़े होते हैं। आपकी तबीयत, जैसा आप चाहें, करें।"

• • •

LIST OF TITLES WITH ISBN NO.

ISBN	TITLE
9788194914129	1984
9789390575220	1984 & Animal Farm (2In1)
9789390575572	1984 & Animal Farm (2In1): The International Best-Selling Classics
9789390575848	35 Sonnets
9789390575329	A Clergyman's Daughter
9789390575923	A Study In Scarlet
9789390896097	A Tale Of Two Cities
9789390896837	Abide in Christ
9789390896202	Abraham Lincoln
9789390896912	Absolute Surrender
9789390896608	African American Classic Collection
9789390575305	Aldous Huxley: The Collected Works
9789390896141	An Autobiography of M. K. Gandhi
9789390575886	Animal Farm
9789390575619	Animal Farm & The Great Gatsby (2In1)
9789390575626	Animal Farm & We
9789390896158	Anna Karenina
9789390575534	Antic Hay
9789390896165	Antony & Cleopatra
9789390896172	As I Lay Dying
9789390896226	As You like it
9789390575671	At Your Command
9789390575350	Awakened Imagination
9789390575114	Be What You Wish
9789390896233	Believe In yourself
9789390896998	Best of Charles Darwin: The Origin of Species & Autobiography
9789390896684	Best Of Horror : Dracula And Frankenstein
9789390575503	Best Of Mark Twain (The Adventures of Tom Sawyer AND The Adventures of Huckleberry Finn)
9789390896769	Black History Collection
9789390575756	Brave New World, Animal Farm & 1984 (3in1)

9789390896240	Brother Karamzov
9789390575053	Bulleh Shah Poetry
9789390575725	Burmese Days
9789390896257	Bushido
9789390896066	Can't Hurt Me
9788194914112	Chanakya Neeti: With The Complete Sutras
9789390896042	Crime and Punishment
9789390575527	Crome Yellow
9789390575046	Down and Out in Paris and London
9789390896844	Dracula
9789390575442	Emersons Essays: The Complete First & Second Series (Self-Reliance & Other Essays)
9789390575749	Emma
9789390575817	Essential Tozer Collection - The Pursuit of God & The Purpose of Man
9789390896578	Fascism What It Is and How to Fight It
9789390575688	Feeling is the Secret
9789390575190	Five Lessons
9789390575954	Frankenstein
9789390575237	Franz Kafka: Collected Works
9789390575282	Franz Kafka: Short Stories
9789390575060	George Orwell Collected Works
9789390575077	George Orwell Essays
9789390575213	George Orwell Poems
9788194914150	Greatest Poetry Ever Written Vol 1
9788194914143	Greatest Poetry Ever Written Vol 1
9789390896301	Gulliver's Travel
9789390575961	Gunaho Ka Devta
9789390575893	H. P. Lovecraft Selected Stories Vol 1
9789390575978	H. P. Lovecraft Selected Stories Vol 2
9789390896059	Hamlet
9789390575022	His Last Bow: Some Reminiscences of Sherlock Holmes
9789390896134	History of Western Philosophy
9789390575121	Homage To Catalonia

9789390896219	How to develop self-confidence and Improve public Speaking
9789390896295	How to enjoy your life and your Job
9789390575633	How to own your own mind
9789390896318	How to read Human Nature
9789390896325	How to sell your way through the life
9789390896370	How to use the laws of mind
9789390896387	How to use the power of prayer
9789390896028	How to win friends & Influence People
9788194824176	How To Win Friends and Influence People
9789390896103	Humility The Beauty of Holiness
9789390896653	Imperialism the Highest Stage of Capitalism
9789390575084	In Our Time
9789390575169	In Our Time & Three Stories and Ten poems
9789390575145	James Allen: The Collected Works
9789390896189	Jesus Himself
9789390575480	Jo's Boys
9789390896394	Julius Caesar
9789390575404	Keep the Aspidistra Flying
9789390896400	Kidnapped
9789390896424	King Lear
9789390575824	Lady Susan
9789390896455	Law of Success
9789390896264	Lincoln The Unknown
9789390575565	Little Men
9789390575640	Little Women
9788194914174	Lost Horizon
9789390896462	Macbeth
9789390896929	Man Eaters of Kumaon
9789390896523	Man The Dwelling Place of God
9789390896349	Man The Dwelling Place of God
9789390575909	Mansfield Park
9788194914136	Manto Ki 25 Sarvshreshth Kahaniya
9789390896509	Marxism, Anarchism, Communism
9789390575664	Mathematical Principles of Natural Philosophy

9788194914198	Meditations
9789390575800	Mein Kampf
9789390575794	Memory How To Develop, Train, And Use It
9789390896486	Mind Power
9789390896585	Money
9789390575039	Mortal Coils
9789390575770	My Life and Work
9789390896035	Narrative of the Life of Frederick Douglass
9789390575152	Neville Goddard: The Collected Works
9789390575985	Northanger Abbey
9789390896530	Notes From Underground
9789390896547	Oliver Twist
9789390575459	On War
9789390575541	One, None and a Hundred Thousand
9789390896554	Othelo
9789390575435	Out Of This World
9789390575015	Persuasion
9789390575510	Prayer The Art Of Believing
9789390575091	Pride and Prejudice
9789390896561	Psychic Perception
9789390575381	Rabindranath Tagore - 5 Best Short Stories Vol 2
9789390575367	Rabindranath Tagore - Short Stories (Masters Collections Including The Childs Return)
9789390575374	Rabindranath Tagore 5 Best Short Stories Vol 1 (Including The Childs Return
9789390896622	Romeo & Juliet
9789390896127	Sanatana Dharma
9789390575596	Seedtime & Harvest
9789390896639	Selected Stories of Guy De Maupassant
9789390575206	Self-Reliance & Other Essays
9789390575176	Sense and Sensibility
9789390575299	Shyamchi Aai
9789390896738	Socialism Utopian and Scientific
9789390896646	Success Through a Positive Mental Attitude
9789390575428	The Adventures of Huckleberry Finn

9789390575183	The Adventures of Sherlock Holmes
9789390575343	The Adventures of Tom Sawyer
9789390896691	The Alchemy Of Happiness
9789390575862	The Art Of Public Speaking
9789390896288	The Autobiography Of Charles Darwin
9788194914181	The Best of Franz Kafka: The Metamorphosis & The Trial
9789390575008	The Call Of Cthulhu and Other Weird Tales
9789390575107	The Case-Book of Sherlock Holmes
9789390896110	The Castle Of Otranto
9789390896745	The Communist Manifesto
9789390575589	The Complete Fiction of H. P. Lovecraft
9789390575497	The Complete Works of Florence Scovel Shinn
9789390896820	The Conquest of Breard
9789390896813	The Diary of a Young Girl
9789390896332	The Diary of a Young Girl The Definitive Edition of the Worlds Most Famous Diary
9789390575701	The Great Gatsby, Animal Farm & 1984 (3In1)
9789390575312	The Greatest Works Of George Orwell (5 Books) Including 1984 & Non-Fiction
9789390575992	The Hound of Baskervilles
9789390896707	The Idiot
9789390896714	The Invisible Man
9789390575657	The Knowledge of the holy
9789390575558	The Law & the Promise
9789390896721	The Law Of Attraction
9789390896776	The Leader in you
9789390896363	The Life of Christ
9789390896196	The Man-Eating Leopard of Rudraprayag
9789390896783	The Master Key to Riches
9789390575268	The Memoirs Of Sherlock Holmes
9789390896479	The Midsummer Night's Dream
9789390575466	The Mill On The Floss
9789390896790	The Miracles of your mind
9789390896660	The Mutual Aid A Factor in Evolution
9789390896448	The Origin of Species

9789390896905	The Peter Kropotkin Anthology The Conquest of Bread & Mutual Aid A Factor of Evolution
9789390896806	The Picture of Dorian Gray
9789390896271	The Picture of Dorian Gray
9789390575275	The Power Of Awareness
9789390896356	The Power of Concentration
9788194824169	The Power of Positive Thinking
9789390575411	The Power of the Spoken Word
9788194914105	The Power Of Your Subconscious Mind
9789390896899	The Power of Your Subconscious Mind
9789390896417	The Principles of Communism
9789390575787	The Psychology Of Mans Possible Evolution
9789390896615	The Psychology of Salesmanship
9789390575732	The Pursuit of God
9789390575398	The Pursuit of Happiness
9789390896851	The Quick and Easy Way to effective Speaking
9789390575947	The Return Of Sherlock Holmes
9789390575138	The Road To Wigan Pier
9789390896981	The Root of the Righteous
9789390575855	The Science Of Being Well
9788194914167	The Science Of Getting Rich, The Science Of Being Great & The Science Of Being Well (3In1)
9789390896011	The Screwtape Letters
9789390896073	The Screwtape Letters
9789390575336	The Secret Door to Success
9789390575695	The Secret Of Imagining
9789390896868	The Secret Of Success
9789390896431	The Seven Last Words
9789390575930	The Sign of the Four
9789390896004	The Sonnets
9789390896516	The Souls of Black Folk
9789390896875	The Sound and The Fury
9789390575244	The State and Revolution
9789390896882	The Story of My Life
9789390896936	The Story Of Oriental Philosophy

9789390896752	The Strange Case of Dr. Jekyll and Mr. Hyde
9789390896943	The Tempest
9789390575916	The Valley Of Fear
9789390575879	The Wind in the willows
9789390896080	The Wind in the willows
9789390575763	Their eyes were watching gofd
9789390575831	Three Stories
9789390896950	Twelfth Night
9789390896592	Twelve Years a Slave
9789390896677	Up from Slavery
9789390896974	Value Price and Profit
9789390896967	Wake Up and Live
9789390896493	With Christ in the School of Prayer
9789390575602	Your Faith is Your Fortune
9789390575473	Your Infinite Power To Be Rich
9789390575251	Your Word is Your Wand
9789390575718	Youth
9789391316099	A Christmas Carol
9789391316105	A Doll's House
9789391316501	A Passage to India
9789391316709	A Portrait of the Artist as a Young Man
9789391316112	A Tale of Two Cities
9789391316747	A Tear and a Smile
9789391316167	Agnes Gray
9789391316174	Alice's Adventures in Wonderland
9789391316136	Anandamath
9789391316181	Anne Of Green Gables
9789391316754	Anthem
9789391316198	Around The World in 80 Days
9789391316013	As A Man Thinketh
9789391316242	Autobiography of a Yogi
9789391316266	Beyond Good and Evil
9789391316761	Bleak House
9789391316778	Chitra, a Play in One Act
9789391316310	David Copperfield

9789391316075	Demian
9789391316785	Dubliners
9789391316051	Favourite Tales from the Arabian Nights
9789391316235	Gitanjali
9789391316068	Gravity
9789391316150	Great Speeches of Abraham Lincoln
9789391316662	Guerilla Warfare
9789391316839	Kim
9789391316822	Mother
9789391316211	My Childhood
9789391316846	Nationalism
9789391316327	Oliver Twist
9789391316853	Pygmalion
9789391316334	Relativity: The Special and the General Theory
9789391316389	Scientific Healing Affirmation
9789391316341	Sons and Lovers
9789391316587	Tales from India
9789391316372	Tess of The D'Urbervilles
9789391316396	The Awakening and Selected Stories
9789391316402	The Bhagvad Gita
9789391316303	The Book of Enoch
9789391316228	The Canterville Ghost
9789391316907	The Dynamic Laws of Prosperity
9789391316006	The Great Gatsby
9789391316860	The Hungry Stones and Other Stories
9789391316433	The Idiot
9789391316440	The Importance of Being Earnest
9789391316297	The Light of Asia
9789391316914	The Madman His Parables and Poems
9789391316457	The Odyssey
9789391316921	The Picture of Dorian Gray
9789391316464	The Prince
9789391316938	The Prophet
9789391316945	The Republic
9789391316518	The Scarlet Letter

9789391316143	The Seven Laws of Teaching
9789391316525	The Story of My Experiments with Truth
9789391316532	The Tales of the Mother Goose
9789391316549	The Thirty Nine Steps
9789391316594	The Time Machine
9789391316600	The Turn of the Screw
9789391316983	The Upanishads
9789391316617	The Yellow Wallpaper
9789391316426	The Yoga Sutras of Patanjali
9789391316990	Ulysses
9789391316624	Utopia
9789391316679	Vanity Fair
9789391316020	What Is To Be Done
9789391316686	Within A Budding Grove
9789391316693	Women in Love